JN208376

ガバッと起きた

辻　和人

ガバッと起きた　目次

装画　林・恵子

ガバッと起きた

ガバッと起きた

よし、結婚してみるかな
布団はねのけガバッと起きた
ガバッと、
ガバッと、
ガバッと、だ
12月も末に近い、冬休みの1日目
いつものしーんとした冷たさが
重くのしかかってきて
心地良かったんだけど
どうにかこいつを全身の熱ではねのけなきゃって
で、ガバッと起きた
で、相手がいるわけではないから
仲介してくれるトコにお世話になるか、と

で、パソコンの前に座りバチバチ検索していった
バチバチ
おっ、ここ良さそうだな
で、窓口に電話し、午後のアポを取った
ここまで一気
ふぅーっ
ちょっと疲れた
敷きっぱなしの布団に再び潜り込んだ

祐天寺の1人暮らしのアパートで
かまい続けて深い関係になりすぎてしまったノラ猫のファミとレドを
伊勢原の実家に預けることにしたんだよね
時々様子を見に行く
ファミはすっかり実家に慣れてお腹出して寝てる
鼻に触って挨拶すると大きな伸びをしてついてくる
後から預けたレドは引っ込み思案でちょっとオドオドしているけど
持ってきたお土産見せたら
膝に前足かけてよじ登られちゃったよ
高い高ーいされておヒゲぴんぴんご機嫌のファミ

ふぃふぃ匂いを嗅いできてスリスリ白い体をくねらすレド
ああ、いいよなあ
こういうすごくね
あったかくてね
ふわふわで湿り気のあるもの
あー、こういうのも
いいんじゃないかなあ
ってね

ずっと1人でいて
その暮らしの、ある硬さとか冷たさとか
気に入ってた
仕事から疲れて帰ってきて
誰もいない部屋の鍵を開けると
しーんとしきった硬質な空気が
全身を冷たく包んでくれる
思わず目をつむりたくなるくらい気持ちが良い
ただいまぁ
毛羽立った無言のカーテンがユラユラゆらめいてくれて

まるでオーロラのようだ……

でもさ
あったかくてふわふわで湿り気のあるもの
こういうのも
いいんじゃないかなあって

ここから一気
13時に大手結婚情報サービスの渋谷支店に到着
入口に高価そうなウェディングドレス
ロマンチックなお式のイメージですか
くそっ、ここはぐっと我慢だぜ
やがて若い女性アドバイザーが現れて概略を説明
にこやかな表情を浮かべながらすぐ話を本契約に持っていこうとする
お仕事熱心ですこと
普段のぼくなら「とりあえず持ち帰って検討します」なのだが
何せ今日はガバッと起きた勢いが
背中に張りついている
「いいですよ、契約します」

アドバイザーの目が喜びに輝いた
「ありがとうございます。それではお手続きを取らせていただきますね。
コーヒーのお代わりはいかがですか?」

帰宅すると
敷きっぱなしの布団にまた遭遇
ぼくが2度目に起き出した時の姿のまま
もっこり、冷たくなっている
長い間親しんできた
しーんとした冷たさだ
いつものようにそれを視覚で抱きしめようとする
でも、あわわ
ぼくは今朝、ガバッと起きてしまったんだ

ふわふわとした湿り気のあるもの
それを
同族である人間の女性を通して求めてみることにしたんだ
求めるったって
ティッシュで拭う形で終わるアレへの興味からでもなければ

飾られていたウェディングドレスの背後に広がる
「素敵な恋愛」への期待からでもない
もっとウェットなもの
前足をかければふぃふぃ匂いを嗅いで嗅がれるようなもの
舌を伸ばせばにゅいにゅい舐めて舐められるようなもの

ただいまぁ、と、おかえりなさぁい、が
この敷きっぱなしの布団の上の枕の弾力でもって
ぷぉんぷぉん押して押し返される、ようなもの

もちろん不安がないわけじゃないんだけど
でも今朝、起きてみたんだよ
ガバッと、
ガバッと、
ガバッと、だ

暗くてぬかるんだ底なしの、でもあったかーい空間

ズブズブ
ズブ
ミャッミャッ
そうそう
その調子
暗い方へ
ぬかるんだ方へ

「あけましておめでとうございます」
「おめでとうございます。じゃあ年取るからね」
鏡餅に頭を下げ、盃のお屠蘇を飲みほしスルメとコンブをもらう
お正月におけるウチのいつものささやかな行事なんだけど
今年はこの穏やかな流れを

断ち切んなきゃならないんだよなぁ

煮しめと黒豆を食べ、お雑煮が出た頃
それっ
「あのさー、今年ぼく結婚しようかなあと思ってね。
実は婚活のサービスに登録してきちゃった。
とりあえず半年くらいはやってみるつもり、なんだけど」

母「あーっ、やっとその気になってくれたの、安心したわぁ」
父「おおっそうか、でもなぜお父さんに先に相談しなかった」
わほっ
何とも予想通りの反応
「常々独身を通すと口にしていた頑固な息子の突然の宗旨替えに対する驚きと喜び」
がまさにここにあり
しかしさあ
その反応を目の当たりにして
つい親孝行した気になってしまったぼくは
実は随分親に甘えてたってことだなあ

父が大声で妹夫婦やアメリカで結婚生活を送っている姉に
ぼくの婚活宣言を知らせる電話をかけている間に
さて、ファミとレドの相手をしにいくか

実家は30年ぶりの大改装の真っ只中
お正月なので工事は一時休止だが
床の表面が削り取られるわ、小部屋が突然できているわ
ファミもレドも落ち着かない
この家の変化を全身で感じてワクワクしてる
鼻を尖がらせて空気の境界をまさぐるように辺りを嗅ぎまくるファミ
前足を突き出して木材のお尻を撫でるように凹凸を確かめるレド
点検、点検、また点検
どこが変わったのか、どこが違うのか
2匹ともすっかり目の光が鋭くなってしまった
少し落ち着かせようと抱っこしようとしたら
ウィエーンゥグゥー
ファミはぼくの手をシュルッとすり抜け
階段脇の手すりに飛び乗った
四肢をぴくぴく震わせて

飛んだ！
え？
壁の小さな穴の中に消えてしまった

それは配線を変えるために一時的にあけた穴
屋根裏に通じている
「おい、ファミ、戻っておいで」
だがファミは振り向きもしない
突如として開かれた青黒い広がりに夢中になって
トットットッと走っていってしまう
うへっ、こんな小さな穴に潜れちゃうんだな
猫の体って何て柔らかいんだ

屋根裏の奥へ奥へ
どこまで続くかわからない真っ暗で埃の舞う空間
不安になったのか、突然助けを求めるように鳴き始めた
ミャッミャッ、ミャッミャッ

鼻先をかすめるこのクシャクシャしたものはなあに？

前足の動きを止めるこの角張ったものはなあに?

レドが心配そうに天井を見上げる
穴を覗いてももうファミの姿は見えない
屋根裏の真ん中辺りか?
いいや、真ん中よりもっと奥だな
奥、底なしの

ミャッミャッ、ミャッミャッ
ミャッミャッ、ミャッミャッ

父と一緒に懐中電灯を持って屋根裏に登ったぼくの前には
恐怖に身をすくませながらも何かに魅入っているファミの姿があった
ぬかるんだ闇の奥をじっと見つめながら
ソローリソローリ前進
腰を抜かす程ビクついているのに
助けに来たぼくと父の元に戻ろうとしない
そんなファミの鼻先に浮かんでいるもの

あ、ぼくにとっての「結婚生活」みたいなものか?

暗くてぬかるんだ底なしの空間
でも意外とあったかい
(エアコンの温風が溜まるせいだ)
ああ、ここだったら
ズブズブ進んでいっても
大丈夫かも……

やっとこさファミの興奮が収まり
ミャッと鳴きながら戻ってきてくれた
抱きかかえて屋根裏から降りると
入れ替わりに
ミャオーッ、レドがファミを探しに屋根裏に登ってしまう
母「屋根裏に登りたかったわけじゃないんだからそのうち降りてくるでしょ」
果たして30分後に自分でハシゴをつたって降りてきた
降りてくるや否や、ファミのおでこをぺろぺろ
レドちゃんはほんとにファミちゃんが好きなんだねえ

帰って来られるとわかってからファミは
また屋根裏に行きたいよー、と言いたげな素振りを繰り返す
ダメダメ
もう穴は塞いだし、ハシゴも取り去ったよ
けど

屋根裏には
暗くてぬかるんだ底なしの
でも、あったかーい空間があった
それはぼくにとっての
まだ体験していない生活にも通じていて
ぼくはまだ穴の位置を探してうろうろしてる段階
ズブズブ
ズブ
ミャッミャッ
ねえ、ファミちゃん
お前には先越されちゃったけど
ぼくもあったかーい空間目指してがんばるからね

データ化を乗り越えて

そんな自分がここにいるぞ
受け入れちゃってる
人間のデータ化って奴を
りゃりゃりゃりゃ
りゃりゃりゃりゃ

正月休みが終わって、ネットを介しての
いわゆる婚活が始まった
地域だの年齢だの収入だの
条件が合致した相手のところに「紹介状」が届く
データマッチングという方式
男性は「定収入」があることを証明できなければ登録させてもらえない
稼げなければお呼びじゃないって？

女性は収入の代わりに「若さ」が厳しくチェックされるんだろうなあ
堂々と行われる性の商品化
いいでしょう、いいでしょう
相手に対しても自分に対しても残酷なことをする
そういうこと
了解して始めたんだから

アプローチかけたりかけられたり
何人もの女性とメールのやりとりをし
話が弾んだ人とは食事をした
これがこれが
はっきり言ってすごく楽しい
ぼくが会ったのはアラフォーの女性が多かったけど
おとなしい感じの人なんか1人もいない
仕事頑張っていたり、趣味に打ち込んでいたり
今まで散々1人で楽しく過ごしてきたからそろそろ男をGETするか
ギラギラした雰囲気が漲っててね
会った直後に「お断り」のメールをいただくことがあっても
「そういうルール」だから仕方ないし

「次」もあるので別にショックじゃない

アパレルメーカーに勤めるチュニック姿の彼女
茶の地に緑の縞々をムクムク踊らせながら
いきなり美術談義
でもってお酒に強い
「シャガールの、男の人が空中で首をひねって女の人にキスする絵。
あれ、好きなのよねえ」
お代わりを何杯も注がれて酔い潰れそうになったぼく
ふわふわ浮んでしまいそうですよ
暇さえあれば海外旅行に行くという小柄で精悍な彼女
電気屋さんの跡取り娘
体力作りのために筋トレは欠かせないと言って
袖まくって力瘤
えーっ、触っていいんですか
細い腕にぷっくり
ちょいちょい
はい、ありがとうございました
看護師をしているシングルマザーの彼女

子供たちを実家に預けてきたから久しぶりに自由、と豪快に笑い
でも話題はすぐ子供のこと
ケータイの写真を100枚以上も見せてくれた
着ぐるみのクマさんと並んで家族４人でパチリ
笑顔満面の女の子が手にしたソフトクリームが
おっとっと、溶けて零れる寸前じゃないか
靴汚さなかったかな

みんな、生きてるなあ
生き物なんだなあ
ファミちゃん、レドちゃんとおんなじだ
結婚は共同生活、表面を取り繕っても仕方なし
注文した料理はペロリと平らげ
唇についた油は一気に拭う
「人間のデータ化」を乗り越えて成り立つ
恋愛ともお見合いとも違う男女の出会いの形だ
こういうの、悪くないなあ

そんなことをさ

帰宅途中の電車の中でつらつら考えたんだよね
今日はドイツ料理店で
アクセサリー作りを習っているという歯科衛生士の彼女に会いました
「音楽は余り聞きません」
「いろんな種類にチャレンジしてますがうまくできたと言えるのはまだないですね」
会話がぶつぶつ切れちゃう
こりゃお断りかなあ
空いてる電車のドア近くに立って
揺れる夜景を見ながら
ぴくんと動く濃いめの眉毛を思い浮かべる
ま、いいさ、こんなこともあるさ

人間のデータ化って奴を
乗り越えろ
乗り越えて
生き物に辿り着こう
りゃりゃりゃりゃ
りゃりゃりゃりゃ

キューちゃん（♂）とクンちゃん（♀）

ぐるぐる
ぱたぱた
ぐるぱた
た

毎週のように違う女性と会っているうち
「タイプでないかもしれませんが、良かったらお話ししませんか?」という
婚活の場にしては謙虚すぎるメールをいただいた

その人は43歳でコンビニ勤め
キューちゃん（♂）とクンちゃん（♀）という番のハムスターを飼っている
身長は153センチ
体重は……××キロだ

プロフィールの写真には正直ガッカリ
ぼくは女性のスタイルには余り拘らないがさすがにちょっと太りすぎ
……って、違うだろ
これが「スタイルに拘って、容姿で人を判断している」ってことだろ？
ああ、そうさ、文句あるかよ
でも、動物好きってトコにそそられるものがあって
メールのやり取りをＯＫしてしまった

＊

辻さんは本を売るお仕事をされてるんですね
実は私は余り本は読まないです
勤め先のシフトが不規則で、今日も目が覚めたらお昼を過ぎていて
せっかく借りたＤＶＤを一度も観ないで返してしまいました

＊

辻さんもお客さんのクレームに苦労されることがあるんですね

私は長い割には接客が苦手です
この間、タバコの銘柄を間違えてお客さんにひどく怒鳴られました
あんた新人じゃないんだろ、バカヤローって
ただ平謝りするしかないんですけど
でも、何であんなに怒っちゃうんでしょうね
私ってどうも人の虫の居所を悪くさせてしまうところがあるみたいです

*

お気遣いありがとうございます
電球を取り替えようとして脚立から落ちてしまったんです
父が亡くなってから男手の仕事は私がやるんですけど
運動不足が祟ってバランス感覚が鈍っていたみたいです
病院には行ってきましたのでご心配なく

*

そうなんです
ハムスターと遊ぶのが一番の楽しみなんです

今日も帰ってすぐ、キューちゃん、クンちゃんと遊びました
菜箸にゴムを巻いて作ったハムスターじゃらしを振り回すと
一生懸命しがみつくんですよ、もうかわいくて
ゴムの部分はボロボロ
ハムスターって興味があるモノはまず齧るんです
モノを齧っていさえすればそれだけで幸せなんて
うらやましい気がします

*

いつも自分より相手が上、か
理不尽な恫喝をされてもひたすら受け入れる、か
おいおい
もっと自信を持てよ
やられたら少しはやり返さなきゃ
しかしそんな彼女にとって婚活なんて
一世一代の決断だったのではないだろうか

勇気を振り絞った、のかなあ

疲れた心は
2匹のハムスターに無上の愛情を注いで癒す
ハムスターたちの仕草は
ぐるぐる
ぱたぱた
しっとりと
甘い

何度かメールのやり取りを交わした後
気になる女性が現われて、彼女との「掲示版」を閉じることにした
結局一度も会わなかった
彼女とはこういう場じゃないところで
知り合いたかったたな

*

私のような者にいつも丁寧に返信をしていただき
とても感謝しております

本当にありがとうございました

*

それを読んだ時から
キューちゃん、クンちゃんの姿が浮かんで浮かんでしょうがない
菜箸にゴムを巻いて
ぐるぐる鼻先にかざすと
2匹のハムスターにとって万華鏡のような世界が出現する
歯の長いキューちゃんとしっぽの長いクンちゃん
いつもは仲が良いのに
喧嘩しながらゴムを取り合って
飛びつき、齧り、足をバタバタさせる
興奮しすぎて2匹はもう
どこからどこまでが自分の足で、どこからどこまでが相手の足か
わからない
ぐるぐるかざして
パタパタさせる
ぐるぐるかざして

パタパタさせる

猫のファミちゃん、レドちゃんも
動く棒みたいのは大好きなんだよ
目玉がさっと動きを追う
背中が弓のようにしなる
ぐるぐる
パタパタ
ぐるぐる
パタパタ
ミュアオーゥ！
でもって
パーティーのような楽しい騒動が始まるんだ……

自己主張の強いインドの人たち

ピェーピェー、ブップゥプェゥー
聞こえてくる
聞こえてくるぞ

「プロフィールを拝見し、素敵な人柄を感じてご連絡させていただきました。
私も音楽や美術などアート系、とても好きです。
いろいろお話させていただけると嬉しいです。どうぞよろしくお願い致します」
なんてメッセージもらっちゃったよ

自己紹介欄に
「アートが好きなインドア派です」って書いたんだけど
「俺はアウトドア派」と胸を張る男子が多い中
裏をかく作戦が功を奏したってこと

あったま、いーだろ？
メッセージをくれたその人のプロフィールを早速覗いてみると
今まで真面目に働いてきました
ってな顔がそこにあった

長くも短くもない髪をまっすぐおろして
目はちょっと細くて、ちょっと八の字眉
濃い顔立ちじゃないから、パッと見、地味な印象だけど
おい、この細い目
キッとしてて強い光を隠してるじゃんか
水色の上着含めて、全体として、ひたすら清潔
タレントさんみたいなメイクしたり
頬杖ついて憂い顔でポーズ、という凝ったプロフィール写真もある中
このさっぱり感は貴重かも

名前はミヤコさん
年齢は40歳
旅行と料理が好き
仕事も好きなので結婚後も勤め続けたい

人と接する時は笑顔と思いやりを忘れないようにしたい
……ふんふん、優等生的、だけど
「勤め続けたい」
いいね、いいね

今回の方針としましては
額が多くても少なくても
お金稼いで自立している人がいい、ということになっております
ぼくも、今はテキトーにしかやってない家事を
結婚したらしっかりやろうと思ってんだ
女と男とでね
垣根を作らないでね
一緒に頑張るのがいいよね

「休日は何をされてるんですか？」

「お料理をよくされるようですが、得意なものは何ですか？」

「お勤め先はどこですか？」


新しい相手とのメールのやり取りの楽しみは

これだよなあ
互いの「イロハ」を交換すること

「1年半程前からヨガにはまってます」

「比較的上手に作れるのは和食一般、ハンバーグ等洋食など、いわゆる家庭料理です」

「大学の事務局に勤めてます。先生方や他の大学の担当者とのやり取りが多いです」

へぇ、それで、それで?

質問も平凡、答えも平凡
だけどメールの向こうにいる相手が
少しずつ
少しずつ
生身の姿を見せてくれてるのがスリリング
へぇー、生身のヨガ
ほぉーっ、生身の和食
ははぁ、生身の大学事務局
動いて、実在してるんだよなあ
その先に生身のミヤコさんがいるんだなあ

メールを出すとすぐ丁寧な言葉で返事が返ってくるので
ついつい
詩を書いていることなんか打ち明けちゃったよ
どんな詩書いてるんですかって聞かれたから
「不条理マンガみたいなテイストです」と答えたら
「ぜひ一度読ませていただきたいです（笑）」だってさ
（笑）って何だよ（笑）

詩を書いてます、なんて
会社の人にもあんまり言ってないのに
顔を合わせたこともないこの人にはすらすら教えてしまう
メールの影からチラッチラッ
だけど全身が見えない
その隠れた生身の部分を
ヨッコラショ
引っ張り出したくってさ

楽しいメールのやり取りの中、ちょっとしたトピックスが！
（長くなるけど引用します）

「今度、大学の先生のお供でインドに出張することになりました。いろんな人に言われるのは、お腹をこわすということと、タクシーでぼられるということです（笑）。インド体験記も是非聞いて下さい」

「こんばんは。今日はインドからです（笑）。2大学の訪問を終え、明日明後日と2日がかりで帰国します。やっぱりインドは日本とは別世界でした。いろいろ刺激を受けました」

「こんばんは。無事帰国しました。観光は最後の日に半日位乗り継ぎで時間が空いたのでそこで少しできました。驚いたことはいろいろあるのですが、まずは車が常にクラクションを鳴らしていて、本当にうるさいということです。人も多いし、ダイナミックとも言えますね（笑）」

「自己主張が強くて他人に対して余り遠慮しない、というのは、私が驚いたことの多くをまとめて下さっています（笑）。民族も言語も大変多様で日本のように同質性が高くないし、無理に同調するというのは全然ないようですね。日本とインド、どちらがいいということではないんだと思いますが」

「はい、確かにインドは魅力的な国です。

行きたい国の一つだったので、仕事とはいえ行けて良かったです。今度はプライベートで行きたいです。ただトイレは……（涙）。大学は、街で感じた程の違いはなかったです。多少のんびりしているかな、スタッフが多く余裕があるな、という印象を受けました」

（引用、終わり）

面白いお話だったです、そうそう、一度お会いしませんか？と
メールを送り
ＰＣの電源を落とした……ん？

クラクションが聞こえてくる
ピェーピェー、ブップゥプェゥー
危険を知らせたいからじゃない
鳴らしたい気持ちを
我慢できないんだ
ピェーピェー
生身で息をしてるなら
ブップゥブップゥブップェゥー

主張しなきゃだな
浅黒い肌、濃い顔立ちのインド人の男は車を止め
窓からひょいと顔を出し
ミヤコさんにニカッと笑いかける
色白で薄い顔のミヤコさんも
ニコッと笑い返して道路を渡る
自己主張には自己主張で返す
それでいて互いの間に垣根を作らないで一緒に頑張る
ピエーピエー、ブップゥプエゥー
ピエープゥー
そんなのがいいね
そうなるのかなあ

くにゃっと微笑む階段とカタツムリ

ちょんちょん
くにゃっ
ちょん
くにゃっ

4月14日の土曜日
正午ちょっと前
雨
初デート
阿佐ヶ谷の駅の改札を出たところで待つ
おや、あの人、ミヤコさんかな?
ムーミンママを細くしたみたいな柔らかい感じ
でも、タッタタッ、力強く刻む足取りのリズムは

勤め人そのもの
曖昧に微笑むと
ミヤコさんの生身はピタッ、と止まった
「辻さん、ですか？　初めまして」

ぼくが予約したのは映画館に併設されたレストラン
空に浮かぶあのお城をイメージさせた
円筒形のユニークな形の建物だ
新鮮さの演出は初デートには欠かせない
なんて考えて

へへ、ぼくもやるもんだね
さて、ここの名物って何だと思います？
実はうねうねした階段なんです
店のドアに辿り着くには建物をぐるぐる取り囲む階段を昇らなきゃいけない
店内に入って上の階のテーブルに行くのにも
くねった階段が待っていて
急角度できゅっ、と
笑っている
ほら、ミヤコさんも

「面白い造りの店ですね」だって
やったね！
雨で滑りやすくて
「注意して下さい」とは言ったけど
残念、残念
手を取る程にはまだ親しくない
もどかしいなあ
婚活デートは普通のデートとはこういうトコちょっと違うんだ

席を案内され、いよいよ食事
着慣れないジャケットで肩が窮屈なぼくだけど
生のミヤコさんを改めて見ると
シックなグレーの丸首のカットソーに
いろんな種類の布をつなぎ合わせたスカート
上と下とで
アンバランスなバランス
固くて、そして柔らかいバランスだ
注文はイチゴと生ハム入りのサラダ、スズキのポアレにデザート&コーヒー
ここの料理の味はチェック済みだから安心

えーと、話題話題
時事問題を切り口に話を始めたら
あーらら
止まらなくなっちゃって
日本は中国と厳しい関係にあるけれど敵視しないでつきあっていかなきゃいけない
なんてことまで喋っちゃった
しまった、喋りすぎか
いや、ちゃんとつきあってくれるぞ
「言うべきことは言わなきゃいけないと思いますけど敵対はダメですよね」
押すと、押し返してきてくれるじゃない
ホッ
食事が終わったけれどまだ終わらせたくないなあ
よし、予定してなかったけど、誘っちゃえ
「ぼく、この後、松濤美術館へ北欧の陶磁器の展覧会に行くんですが、
よろしければ一緒に行きませんか？」
「面白そうですね。いいですよ」
ＯＫですか？　本当ですか？
階段をくにゃっと降りて
渋谷を目指す

雨に隔てられて
館内はとても静か
というよりほぼ貸し切り状態
デンマークのアールヌーヴォー様式の陶磁器を集めた珍しい企画で
あんまり宣伝してないのかなあ
でも今日みたいな日には都合がいい
にょきにょきっとキノコが生えた花瓶
トンボを狙うトカゲの皿
水を覗きこむ白クマのトレイ
クリスマスローズがゴテゴテ刻まれた香壺
海草がからみつく文皿
アンデルセン童話の「目が塔程の大きさの犬」を象った置き物
いやぁーこりゃ、日本人の感覚と全然違うな
ミヤコさんも目をまん丸くしてる
どれもリアルで立体的で、迫力がありすぎる！
陶器というより彫刻に近い感じ
絵も装飾としてでなく本気の「絵画」として描かれてる
洗練された感じはないけど

ムンムンとエネルギーが漲っている
しーんとした中で
花瓶やお皿や壺がガヤガヤ喋り出し
展覧会場がパーティー会場に変身だ

「楽しいですね。こんなデザイン日本にはなかなかないですよね。
あ、あれ面白くないですか？」
とミヤコさんが指さしたのは
蓮の葉を這うカタツムリの小皿
ころっとした殻にぬめぬめした体
ツノを震わせて一生懸命、エサになるものを探してる
突っついたら、こっちを見上げて
くにゃっと微笑む
んじゃなかろうか？
「カタツムリとかトカゲとかヤドカリとか
日本の陶器では余りお目にかかれないのに
こちらでは堂々と主役張ってるんですねえ」
ほんと、びっくりだよ

主役になりにくいものが主役を演じて
バランスを取りにくいものがバランスを取って
うまくいく
ここはそんな場所
さっきのレストランの階段だって
傘の先っぽで
ちょんちょん
刺激してやれば
くにゃっと
笑って挨拶してくれたかもしれない
今はそんな時間
美術館を出たらまだ雨
「今日はありがとうございました。楽しかったです」
「こちらこそありがとうございました。雨、止むといいですね」
そんな挨拶を交わして別れたけど
今日は止まなくてもいいんじゃないでしょうか
雨が作ってくれた
そんな場所、そんな時間を
もうしばらく抱いていてもいいな

ちょんちょん
と思って
くにゃっ
彼女とは違う改札に歩き出したところです

ちょんちょん
くにゃっ
ちょん
くにゃっくにゃっ

1本より2本

テ、テ、テンカイ
ケ、ケ、ケツダン

あの後、ミヤコさんとは
下北沢の魚のおいしい店で会いまして
3時間近くも楽しくお喋りできちゃいまして
うん、この人とは気が合うな
合う、合う、
合うよ、こりゃ、
ってんで
5月の連休の最終日に江ノ島でデートすることになりました

快晴

あ、来た来た、ミヤコさん
手を振った途端
ミヤコさんが着ていたクリーム色のチュニックが
ひゅらひゅら、ひゅらーっ
風が強いか
そのくらいの波乱はあって良し
じゃ、行きましょうか

長い長い弁天橋
並んで歩くとまだ緊張するけど
遮るもののない橋の上で海の塩っ辛い風に思い切りなぶられて
(やだあっ)と髪を押さえつつ
(しょうがないなあ)という表情を浮かべるミヤコさんの様子に
ちょっと心がほぐれてきた
そうだ、話題話題
「江ノ島なんて久しぶりなんです」
「私もですよ」
ミヤコさん、ぼくと同じ神奈川県の出身なのに
中学以来、ほとんど来てないそう

近場の観光地なんて特別な日でもなけりゃ滅多に足を運ばないもんな
で、今日、その特別な日を
もっと特別にしなきゃ

テ、テ、テンカイ
テンカイ、ダ
テンカイ、ダ

お昼の混雑の中、奇跡的に座れた店で
生しらす丼頼みました
「やっぱり新鮮なのはおいしいですね」
「本当ですね」
「獲れたところですぐ食べられるっていうのが最高ですね」
「本当にそうですね」
「わかめのお味噌汁もいい味じゃないですか」
「ええ、潮の香りがするみたいで、本当ですね」
どうすると、また
「本当に」と「ですね」の隙間で
するするするーっと

不安が駆け抜ける
そうなんだよなあ
だいぶ親しくなってきたけど
まだ探り合ってる

江ノ島はこの辺では有数の聖地なんだけど
日本の他の神様と同じくここの神様も人間の商売に寛容で
神社への坂の両側にはいろんなお店がニョキニョキ生えている
食べ物屋さんとか民芸品屋さんとか
「あれ、かわいいですね?」
彼女が指さしたのは
貝殻を使ったアクセサリー
貝は生き物だから、ポッコポコ、姿が不規則
一つとして同じものなんかない
ミヤコさんはこういうちょっと雑音が入ったデザインが好きなんだなあ
子供の頃フィリピンで過ごしたことがあるせいか
東南アジアの目が回るような模様の服が好きって言ってた
(今日は違うけどね)
君たちのポッコポコした形態が彼女の心を捉えたおかげで

探り合いが溶けて
気持ちが回るようになってきた
ありがとうっ
「あはっ、ほんっと、かわいいです」

神社に着いた
海が青い
こんな当たり前に青い海を誰かと見るの
何年ぶりだろう
「わぁ、きれいな海ですね。今年初めて見る海がこんなにきれいで良かったです」
「きれいですね。喜んでもらえてぼくも嬉しいです」
ごった返す参拝客に混じって
商売っ気たっぷりの神様の前で
ぼくたちもぱん、ぱん、手を合わせる
そこまでは良かったけど
やれやれ
ぼくたちカップル未満なんだよな、という意識が頭をもたげてきて
海を見て晴れていた気分が
チキショー

またまたちょっぴり薄暗くなったりして
うーん、ぼくも修行が足りないなあ

テ、テ、テンカイ
ガ
タリナイ
タリナイ、ゾ

前回の下北沢の居酒屋では
「もうかれこれ20年以上詩を書いてます。
お金には全くならないし、好きでやってるだけなんですが、
片手間でやってるというのとは違うんです。
好きなことをただただ好きでずっとやってる、っていうのが誇りなんですよ」
なんて打ち明けたら
「そういうの、いいと思いますよ。
私も好きなことは絶対続けたいし、そのことで何を言われても大丈夫ですよ」
なんて返事がきたんだよね
ああ、この人強くていいなあ
わかってくれそうだしわかってあげられそうだよ

好きってことか？
酔った頭でガンガン希望を膨らませたんだけど

おいおい
後退しちゃいかんだろ？
テ、テ、テンカイ
だろ？

神社でお参りした後は頂上にある植物園へ
「江ノ島の頂上ってこんな風になっていたんですね。
ああ、この辺はツツジが満開」
ぼくは昔来たことがある
「植物園なのに珍しい植物が少なくて、
微妙に垢抜けないところがいい味出してるでしょ（笑）」
「のんびり落ち着けていいじゃないですか」
ちょっと昭和な感じを残しているのが
ぼくたちのような40越え男女には似つかわしい
けどさ、40越えっつっても
「花」が欲しいことがあるんだよ

少しは勇気を出してみろ
「ミヤコさん、ここでミヤコさんの写真撮ってもいいですか？」
あっさり
「いいですよ」
花のアーチの下に立ってもらって
はい、パチリ
目尻の微かな皺が美しい
やったぁ
これでミヤコさんをいつでも取り出すことができるぞ

下に降りて喫茶店で休むことに
体は休んでいるけど頭は休んじゃいない
「もういいだろ」「決断だ」「勝負だろ」……等々の声が
うるさく内側から響いてくるんだな
目の前のミヤコさんの話も最早聞こえない
「ちょっと海岸まで歩きませんか？」

テ、テ、テンカイ
テ、テ、テンカイ

小雨の降る中、傘をさして海岸へ
人気のない波打ち際まで行った
ぼくの人生の中では前例がないけど
そうさ、ここは、いきなり、で良し
「ミヤコさん、ぼくはあなたのことがすっかり好きになりました。
結婚を前提としておつきあいしていただけますか?」
おお、とうとう言っちゃったか!

少し考えてミヤコさん
「ありがとうございます。でもちょっと待って下さい。
まだ辻さんのことよくわかっていないと思いますし」
ふーん、やっぱりな
ここは踏ん張りどころだ
「今すぐお返事いただけなくてもいいんですよ。
ぼくがこういう気持ちでいるってことを知ってて欲しいんです」
雨が急に強くなってきた
「もう帰りましょうか。それとももうちょっと話しましょうか」
「いいですよ。歩きながら話しましょう」

それから海岸の近くを歩いた歩いた
ぐるぐるぐるぐる、雨、ざーざーざーざー

「辻さんは貯金する習慣ありますか？」

「私、将来的には自分の家が欲しいんですが、家を買うことについてはどう思われます
か？」

「仕事をやめるつもりはないのですが、家事をやる気はありますか？」

問いかける目は真剣そのもの……

年収は少ない方だけど贅沢しないので貯金はそこそこあります
持ち家には拘らないが、いい物件があれば購入はＯＫ
家事はねえ
今まで最低限のことしかやってこなくてね
たいした料理も作れないし掃除や洗濯も得意じゃないけど
やる気はありまくるよ
だってさ
一緒に生活するのに不可侵の領域があるなんてつまんないじゃない？
その代わり、ぼくは一家の大黒柱なんかにはなりません

「主人」なんかにはなりません
ミヤコさんが「主婦」になることも望みません
柱は1本より2本がいいに決まってるでしょ？

テ、テ、テンカイ
テ、テ、テンカイ
で？

雨が弱まってきて、もう少し話したいって
藤沢の居酒屋に入った
結果
「わかりました。おつきあいのお申し出、お受けします」

うわぁ
ケ、ケ、ケツダン
ケ、ツ、ダ、ン
されちゃったよ

その夜のメール

「本日はありがとうございました。楽しかったです。
また、申し出をお受けして下さり、嬉しかったです。勇気を出した甲斐がありました。
天にも昇る気持ちです。
ミヤコさんは現実的にしてロマンティストの、
とても思慮深い女性だと改めて思いました。
結婚情報サービスの方には活動休止を申請しました。
またお会いしましょう」
「こちらこそ今日はありがとうござました。
また、お申し出ありがとうございました。嬉しかったです。
すぐにお返事できなくて申し訳ありませんでした。
でもいろいろ将来設計的なこともお聞きしたかったんです。
辻さんみたいな方はいそうでいないと思います。
私という人間をよく理解して下さっているし、
女性に対し深い思いやりをお持ちだと思います。
これからお互いパートナーとして確信が持てれば何よりですね。
私も活動休止を申請しました。
どうぞよろしくお願い致します」

テ、テ、テンカイ

の末
ケ、ケ、ケツダン
しちゃったよ
ケ、ケ、ケツダン
してくれちゃったよ
どっと疲れが出ちゃったよ
生身の人間の計り知れなさを思い知ったよ
このまま
2本の柱として立てるかどうか
いっちょ頑張ってみようじゃないの
天にも昇る気持ちを抱いて
おやすみなさい

テ、テ、テ
ケ、ケ、ケ

ぐるぐるして、ぎゅっ

ぐるぐるして
ぎゅっ
ぎゅっ

「今日はお疲れモード><のため、早めにzZZ -.- ことに。
あと1日頑張りましょう =(^・^)=
お休みなさい^^」
だって
ケータイの画面の中から
「女の子」が手を振ってる
あれからミヤコさんとは毎日メールするようになってね
ミヤコさん、意外と顔文字・絵文字いっぱい使う人なんだよなあ
字だけの無粋なメールで悪いけど

はい、返信頑張りますよ
お休みなさい

デートは週1ペース
中野のタイレストランに行った、渋谷の沖縄料理店に行った
行った、行った
美術館にも映画にも行った
ミヤコさんのオススメは世界報道写真展と脱北者の人生を描いた韓国映画
う―む、お固い
「です」と「ます」を語尾にくっつけて
にこやかに、丁寧に、話す
そんでもって
ケータイの中ではちゃっかり「女の子」だ
行った、行った、行ってみた
40代「女子」の世界
未知だったこの世界
うん、いい、すごくいい

水曜の夜、会社が退けて吉祥寺に急ぐ

以前入ったことあるお店に案内してくれるって
ぼくも人並みなことしてるなあ
待ち合わせ場所でピンクのカーディガンが目に飛び込んでくる
派手でもなく淡くもないその色調が
40代「女子」としてのミヤコさんの現在地を示している
「ここ、前に職場の人と来たんですけど、感じ良かったですよ」
公園入り口近くの焼鳥屋さん
なるほど
大衆的な価格設定だが清潔でオシャレ感も少々
毎週生身の異性の人と会う
趣味とか仕事関係とかじゃなくて
ただその人と会いたいから会う、なんて
人並みな、ね
ことをするっていうのが、ね
まーぁー何だかー
不思議ぃーなんだなー
その不思議なひと串
顔を軽く見合わせて
じゃ、いただきます

「せっかくだから酔い醒ましに公園ちょっと歩きましょうか」
「あ、いいですね」

はい、ここは夜の井ノ頭公園です
こんなに広かったっけ?
こんなに暗かったっけ?
この時間帯でも歩いている人はそこそこいるけど
人影は半分食われたみたいに細っこい
でも
ミヤコさんは平気でタッタッタッと歩いていく
「いやあ、意外に大きい公園なんですねえ」
「ええ、1人だったらきっと怖いと感じますよ」
え?
ぼくがいるから平気ってことですか?
エヘへ
頼られちゃった

「人並み」って奴を随分長い間遠ざけていたけれど

「人並み」も人の数だけ違う姿があるのかもなあ
そんなことにこの年齢で気がつくってのも
悪くないや
揺れるピンクのカーディガンが闇の中にぽっと灯って
そこだけあったかい感じがする

「また仕事で海外行ったりしないんですか？」
「いいえ、しばらくありません」
みたいな会話を続けていて
おりゃ？
駅への出口が見えない
「辻さん、出口あそこです。私たち、通り過ぎちゃったみたいですね」
おりゃりゃりゃ
暗くて全然わからなかった
何度も来たことあるのに
井ノ頭公園、昼と夜とじゃ大違いだ
「引き返しましょうか？」と言いかけて
うん、よし！

「あのー、どうせですからもう1周歩きませんか?」

さあ、どう出るか?

「いいですよ。歩くの気持ちいいですね。歩くのは好きなんです」

ヤターッ

ミヤコさん、ここぞってトコで決断力がある
1周ぐるぐるするのに20分はかかるのにさ
今日は週の真ん中で明日休みじゃないのにさ
じゃ
じゃ
もう一つ仕掛けちゃうよ
公園入る時から考えてたこと……
「あの、手、握っていいですか?」
「いいですよ」

生身のミヤコさんの生身の手に
生身のぼくの生身の手が近づいて
そしたら生身のミヤコさんの生身の手も近づいてきて

触れた
合わさった
一つになった
ぎゅっ
暖かい
柔らかい
ぼくとミヤコさんが辿り着いた
「人並み」の感触

井ノ頭公園
ぐるぐる回れ
ぐるぐるして、ぎゅっ
ぐるぐるして、ぎゅっ
ぐるぐるして、ぎゅっ
微かな光を跳ね返してひたひた動く
黒い黒い池の水が、今
大好きだ

スパイシー

スパッ
スパッ
スパイッ

はい、今、西国分寺の駅の改札前に立っています
ミヤコさんを待ってます
夏に入りかけのだるい風が吹いていています
けど背中がキーンと冷えてる感じです
初めて
ミヤコさんのマンションに行きます
ミヤコさん、来ました
ぼくと同じく会社帰りのカッコです
軽く手を振ってます

行ってきます

「こんばんは」
エレベーターに乗り込む時
すれ違った住民の方に挨拶
ミヤコさんは平然と、にこやかに挨拶してるけど
ぼくたちってどう認識されてるのかな？
ぼくたちっていう単位が今、問われてる
それはファミやレドがまだノラの子猫だった頃
ぼくが、単なるエサやりさんの１人か
彼らの保護者かを問われてるのと
ちょっと近いかな？
これからミヤコさんとどんな近さを得られるか
エレベーターに揺られながら待つ
ドキドキだ

カチャ
鍵を回す音がいやにはっきり聞こえるな
「どうぞ、お入り下さい」

「お邪魔します」
恐る恐るスリッパに履き替えると
おーっ、きれい
ぼくのオンボロアパートとは大違い
清潔で居心地のいい1DK
「今からご飯作りますから。ちょっと待ってて下さいね」
グリーンのソファーベッドに腰掛ける
ミヤコさんの体温を吸い込んだ場所だ
この材質
ファミとレドを放したら
めちゃくちゃ喜んで引っ掻くだろう
おや、窓の側には、葉っぱを青々と茂らせた
人の背くらいある植物が置いてあるぞ
「この観葉植物、何ですか?」
「パキラっていうんですよ。
10年前、このマンションに住み始めた頃に買ったんですけど、
どんどん大きくなって。
時々切ってあげないと茂っちゃって大変なんですよ」
生命力旺盛なパキラ

10年間ミヤコさんを守っていてくれて
ありがとう
これからはぼくが……おっと、調子に乗るなよ

台所に立つミヤコさんの後姿
エプロンをかけ
懸命に肩を動かして
食べさせようとしているんだな
ぼくという生物に
食べさせる
食べさせる
ぼく、食べさせてもらうんだ
これはただ食事をするってことじゃない
もぐもぐした口の動きを通して
生身の相手の奥の奥につながっていくってことなんだ
ファミもレドも、そしていなくなってしまったソラもシシも
そうやってぼくとつながっていったんだよなあ
それが、いよいよ
いよいよだ

「できましたよ。簡単なものばかりですけど」
ヤッホー
テーブルに並んでいるのは
かぶのコンソメスープ、トマトとアボカドのサラダ、だし巻き卵に肉じゃが
いただきまーすっ
スープは……いい塩加減
サラダの手作りドレッシングもさっぱりしていて良い感じだ
だし巻き卵はもともと好物だけど
程良い甘みがナイス
では肉じゃがを
おいしい、でも、あれ？
「ミヤコさん、ミヤコさんって肉じゃがに玉ねぎ入れないんですか？」
「えっ、わぁ、ごめんなさい。
どうしちゃったんだろ。いつも絶対入れるのに。
ちゃんと買ってきてたんですよ」
玉ねぎなしの肉じゃが
全然ＯＫです
肉じゃがなんだからお肉とじゃがいもが入っていれば良し
「いえいえ、ほくほくして、とってもおいしいです」

真っ赤な照れ顔
玉ねぎが入ってなかったことで
ミヤコさんともっと近くなった気がするぞ

入ってない玉ねぎが
スパッ
スパッ
スパイシーな味
加えてくれた
いいぞ
近いぞ
スパッ
スパッ
スパイッ

今日は週の真ん中の日だし
長居は遠慮してこれで失礼しますが
いつかぼくも「食べさせる」方を担当しますよ
玉ねぎの代わりに

何が足りないか
何が余計かは
お楽しみ
食べるんじゃなくって
食べさせる
食べさせてもらう
その先に
どんなスパイシーな近さが現われるか
スパッ
スパッ
スパイッ

眉のポチッ

ポチッ
ぴく
ポチッ
ぴく

この土日は実家に帰る
親の顔を見に
じゃなくて
猫の顔を見に、ね
帰る、帰る、帰る、帰る

祐天寺のオンボロアパートで面倒を見ていた
ノラ猫のファミとレド

ペット禁止なので頭を下げて伊勢原の実家で飼ってもらってるんだけど
年に1度、お正月の時くらいしか帰らないぼくが
な、なんと
ほぼ毎月顔を見せるようになったんだよね
引退した父がトイレの掃除とご飯を担当
母が寝かしつけを担当
ああ、ホント、ありがとうございます
ぼくがちょくちょく顔を見せるようになったから
両親もちょっと嬉しそうだったりして
というわけで
ファミちゃん、レドちゃんには感謝なのです

ただいまーとドアを開けると
冷蔵庫の上で並んで寝そべっていたファミとレドが
半眼を開け
耳を立て
背中をしならせてノビをしたかと思うと
トトトッ
隣の戸棚を器用に利用して降りてきて

タンッ
着地
足元にまとわりついてきた
覚えていてくれてるんだなあ
マイペースなファミは挨拶を終えるとすぐに毛繕いを始めるけど
ぼくが荷物を置きに2階に上がると
いつのまにかサーッとついてくる
気の弱いレドはこちらから近づくとビクッと逃げるが
しっぽの付け根を優しく撫でてやるとお尻を高く持ち上げて
撫で続けていると寝そべってコロッとお腹を出す

両親にお土産の和菓子を渡し
じゃあ、家族水入らず、ご飯でも食べましょうか

「婚活はうまくいってるのか?」
鱒の水炊きを突きながら父が聞いてくる
「うん、まあまあ順調だよ（ミヤコさんの話を出すのはまだ早い）」
「合唱サークルで知り合った女の人にお前の『真空行動』を貸したら、
お嫁さん候補を紹介したいって言ってきたぞ」

えっ、なんだそれー
あ、『真空行動』っていうのはぼくが昨年出した詩集で
ファミやレド他、ノラ猫をかまったことが書いてある
いい歳した男が猫ちゃんに振り回されて
こりゃいかん、こんな人にはしっかりした奥さんがついてなきゃダメだ
その人は思ったんだろうな
すみませんねえ、ご心配おかけして
「お父さん、とりあえず今のままで大丈夫だからさ、
その人にはお礼を言っておいてね」
ぐつぐつ煮える鍋の中から豆腐を小皿に取った

ところで、ところで
その鍋を見つめているのは両親とぼくだけじゃないんだよね
レドちゃん
母の横の空いてる椅子に飛び乗って
真剣にテーブルを眺めている
あーあ、甘やかしたばっかりに
食いしん坊のレドは人間の食べ物に興味を持ってしまった
朝昼夕、人間と一緒に「食卓につく」ことになってしまった

ファミはキャットフードで満足してるってのに
困ったもんだよ

しょっぱいものは猫の体に悪いので
鍋からすくった鱈の身をポン酢にはつけず
ふぅふぅーっ
冷まして掌に載せて口元に持っていってやると
フンフン、匂いを嗅いだかと思うとすごい勢いでパクつく
全く……
おいおい、そう言えば

レドは基本、白猫だが
目の周りと鼻の横としっぽは黒い
特に鼻先の黒い染みは印象的だ
母はチャップリンみたい、なんて言ってる
おいしいものを見るとチャップリン風チョビ髭をぴくぴくさせるんだ
ぴく
ぴく
でもってミヤコさん

左の眉の辺りに
ポチッと
ホクロがある
目立つという程じゃないが
無視することはできない
感情が揺れて眉が上下するたびに
ポチッ
小さな自己主張
レドもミヤコさんも
このアクセントの効いた目印に
生まれた時からつきあってきたわけだ

チョビ髭ぴくぴくのないレドは考えられない
眉のポチッのないミヤコさんは考えられない

ポチッ
ポチッ
笑ったり
ぴく

ぴく
驚いたり

わがままなレドと折り目正しいミヤコさんは
性格的には一見正反対だけど

ポチッ
ぴく
ポチッ
ぴく

笑いたい、食べたい、怒りたい、甘えたい

レドは臆病な猫で出会った頃は逃げてばかりいた
ちょっと近づくと
チョビ髭ぴくぴく
でも食いしん坊で甘えん坊で
お皿にミルクを注ぐと
ぴく

しっぽの付け根を撫でてやると
ぴく
レドについてはかなりわかってきているけど
ミヤコさんについては
まだまだわからないことが多い
怒った顔、見たことない
泣いた顔、見たことない
甘えた顔、見たことない

ねえ、レドちゃん
ちょっと覚悟も必要だけどさ
ぼく、ミヤコさんの未知のポチッを
これから幾つも拝むつもりでいるから
応援しておくれよ、ね？

ポチッ
ぴく
ポチッ
ぴく

鳥をくわえたファミ

狙って
狙って
待って
待って

実家に預けた猫のファミとレドの様子を聞くために
ちょくちょく母に電話してるんだけどね
大抵は「猫ちゃんたちは元気よ、元気元気」なのに
今日のは違った

「本当は昨日、こっちから電話しようと思ってたくらいなんだけど、
ファミがね、庭に出していたら、
鳥を捕まえてきたの。

それもヒヨドリ。15センチくらいもある大きいの。
くわえてきてベランダに座ってるから、
気持ち悪くてどうしようかと思ったんだけど、
お父さんがまあ入れてやんなさいっていうから戸を開けてやったら、
得意そうに部屋の真ん中まで持ってくるのよ。
それで、もう死んでたんだけど噛みついたり、前足でいたぶったり、
こんな大きな鳥を捕まえたことなんかなかったからすごく興奮してたみたい。
いったん離れて勢いつけて飛びかかったり、
羽が飛び散るからまた外に出したけど、
そしたらすごいの、鳥を食べてるの。
いやあねえ。
口の周りを真っ赤にしちゃって
そしたら食べ残しを今度はレドが食べるのよ。
羽、ベランダにいっぱい散らかしちゃって
ああもうびっくりした。
夜は甘えて布団の中に入ってきたりするんだけど、
何だか顔つきも鋭くなって野生に戻ったような感じがして、
恐い気がしてねえ。
やっぱり猫は狩りをする動物なんだねえ」

……う、う、
良かった
良かったなあ……
じぃーん
電話を切って、胸の底から湧いてきたのはそんな感想

狙って
狙って
待って
待って

そうなんですよ
狩りをする動物なんですよ
ファミは子猫の頃から虫を追っかけるのが大好きだった
蛾が飛んできました
プァタプァタ、プァタプァタ
ムニユウーン
ギザギザと曲線が入り混じった複雑な形の線が空中に描かれています

誘惑の線です
縦長にぴしっと並んだ子猫ファミの２つの瞳孔
線の先っぽのプァタプァタ揺れる点を
狙って
えいっ
あ、逃げられた
惜しい
タイミングが少し遅かったか
すると黙って見ていた母猫クロが
そろりそろりと獲物の下に移動
線のパターンをじっくり解析
後ろ脚を少し踏ん張ったか
ヒュヒュウッッ
おっ、お見事
蛾は一瞬でクロの鉤爪の中に
熟練の技に目を丸くして見入る子猫ファミ
クロが捕まえた獲物をつまらなそうに放り出すと
ファミは恐る恐る匂いを嗅ぎに近づく

こういうことなんだ
狩りってこういうことなんだ

いつしかファミは狩りに習熟した
獲物の気配を探り
その動静を目玉をキョロキョロさせて見極めるんですよ
身を隠す草陰を探し
息を殺して姿勢を低くし
しっぽは左右に鋭く振ってバランスを取るんですよ
待って
待って
一気に飛びかかる
獲物は驚いて逃げようと羽をバサバサ動かすけれど
逃げようとする必死な様子がますますファミの狩猟欲を刺激するんですよ
逃げようとするから追いかける
逃げようとするから押さえつける
爪は、今は定期的に切ってはいるものの
獲物の肉に食い込む分には十分鋭い
そして牙

ぼくと遊ぶ時みたいな甘噛みではなく
獲物を仕留めるための本噛みですよ
だがすぐには殺さない
そんなのもったいない
前足で叩いたり口でくわえて振り回したり
弱ってきた獲物がぴくぴく動く様を目の当たりにして
ファミの内部にぽっと炎が灯る
羽が飛び散ったりすると
もう、たまらない
わざと口から放して
よたよた逃げようとするところで
もう一度飛びかかったりするんですよ

鳥を重そうにくわえてのしのし歩くファミの姿は厳かで
古代の人々が敬い恐れていた神の似姿そのもの
〝待つ〟のが下手でよく獲物に逃げられてしまうレドは
ちょっと後をそろりそろりとついていく

獲物をくわえたファミは神様になった

レドはつき従う神官になった

こんなおっきいの捕まえた
見るが良い、見るが良い
自慢する程に威厳と神々しさが増す
おヒゲぴんぴん、黒目ぱっちりな顔の得意げなこと！
ああ、古代、神というものはこんな感じだったのかもしれないな
堂々と民の前で弱い者をいたぶって
力を誇示する
有無を言わせない
あれってさ、民に甘えてたのかもしれないな
見るが良い、見るが良い
洪水なんか起こしたりして
民に崇めてもらいたい
これ、人間だったら悲惨ですよ
許されないことですよ
でも猫だから許されるんですよ
ファミ、ファミ
良かったね

猫に生まれて良かったね

とまあ
自分の目では見ていないんだけど
それに実家の問題としてはいろいろ困ることもあるんだけど
ケータイごし
まばゆい光を背負った存在に
思わず手を合わせてしまったんですよ
狙って
狙って
良かったね

収まるんだぁ

コロコロ
コロコロコロ

うっへぇー、すごい雨だなぁ
羽田から大分空港へ、それからバスで湯布院へ
旅行ですよ
ミヤコさんと旅行ですよ
おさらいすると
1月にメールのやり取り、3月に実物に会い
5月におつきあいスタート
6月にお宅にうかがって
ありゃまあ
今日、7月14日は旅行ですよ

オクテなぼくには考えられないペース
おっとっと
水たまり、水たまり
「思ったより降ってますね、早くどこかのお店に避難しましょう」

山小屋風のレストランにダッシュ
濡れた髪をタオルで拭いて
思わず顔見合わせて
あはっ
名物のだんご汁定食が運ばれてきた
ほうとうみたいなモチモチした舌触りがいいね
湿っぽい髪のまま
写真なんか撮り合っちゃってさぁー
旅って感じ、してきたぁー
しかもぅー、2人旅なんだぁー

「辻さん、小降りになってますよ」
ほんとだ、良かった
荷物をロッカーに預けて

探検の始まり始まりぃ
大きな鳥居を潜ってまっすぐな道をまっすぐ歩く
まっすぐ、まっすぐ
ぎゅっと握って
そっと抱いて
何しろ2人旅ですからね
そういうことがもうぼくたちにはできるんです
「あっ、川に大きな鳥がいる！」
「シラサギじゃないですか。きれいですね」
シラサギ一羽見かけることがこんなに楽しいなんて
ナイスなタイミングで虫を啄みに来てくれて
シラサギ君、ありがとよ

ノーマン・ロックウェル美術館とステンドグラス美術館を見て
まっすぐな道をまたまっすぐ、まっすぐ
駅に戻って喫茶店でひと休み
湯布岳をイメージしたスイーツがあるっていうから注文してみると
巨大なアイスクリームに綿あめがドバッとかかったものが出てきたよ
山と霞

「湯布院の人は想像力が豊かですねえ」
「２人がかりでも全部は食べられないですよぉ」
真っ白な湯布岳をスプーンでつんつん突っつくミヤコさん
雨後のせいでリアルの山は見えにくかったけれど
２人の間で
これで湯布岳のイメージはバッチリだね

タクシーで宿へ
古民家を改造した素敵な旅館だけど
部屋がダブルブッキングされるトラブルがあったんだ
ミヤコさんが抗議してくれたおかげで
同じ料金で上のクラスの部屋に泊れることになった
さあて、どんなお部屋かなー
げげっ
豪華で広々した和室
掛け軸の龍が口からいかにも高価そうな炎を吐いている
「政治家がお忍びで来るって感じだねえ。宿に悪いかな」
「いいんですよ。間違えたのは宿の方なんですから」
ミヤコさんは澄ましている

「でも、ちょっと得しちゃいましたよね」
へへっ、て
たくましいなあ
へへっ、へへっ

一晩明けると雨は止んでいてすっかり観光日和
「今日はとことん歩きましょう」
花の木通りをゆらりゆらり
いろんなお店があるもんだね
水槽に突っ込んだ足の角質を食べる魚にびっくり
アクセサリーや雑貨をうっとり見ているミヤコさんにうっとり

金鱗湖では他の観光客から写真を撮ってもらった
湖面を眺めていたら、若い女性が
写真撮りましょうか、と声をかけてくれたんだ
ぼくたち、カップルに見えたんだな
ぼくたち、カップルなんだな
日除けの帽子＆アジアンテイストの青いワンピース姿のミヤコさん
誕生日にミヤコさんからもらった真っ赤なハートつき黒いTシャツ姿のぼく

ぼくはミヤコさんの腰に手を回して
2人して微笑んでいる
そういうものが
スマホの中に残されることになりました
ああ、こんなことも
生身と生身じゃなきゃできないことだ

山下清にシャガール、現代彫刻に民芸品
湯布院は美術館が多いね
規模は小さいがどこも個性がキラリとしている
川沿いの道を
ぎゅっと握って
そっと抱いて
緑の熱い息に吹かれながら歩くうち
ロッジのような洋館を発見
「ドルドーニュ美術館」と書いてある
どれ、入ってみようか

「いらしゃいませ。スリッパにお履き替え下さい」

感じの良い老婦人が出迎えてくれた
ほう、これは美術館というより個人宅
外からは洋館に見えるけどどうやら元は日本家屋っぽい
高い天井に太い立派な梁が何本も張り巡らされている
「古民家を改造して作った美術館なんですよ」
所狭しと並べられた絵や彫刻には
まるで統一感というものがない
素朴な風景画からアヴァンギャルドまで
傾向、バラバラ
が、なぜだろう
作品に統一性はないのに
妙に収まりが良いんだ
作品同士が仲良し
作品同士がお友達
いかにも「お部屋」ってところに
長い間架けられたり置かれたりしたよしみって言うのかな?
大きな美術館の冷たい壁に展示されていたら
うっかり見過ごしてしまうかもしれない地味めな作品も
ここではしっかり自分を主張してる

ミヤコさんも熱心に見入ってるぞ
「あの、よろしければ冷たいお茶、召し上がって下さいな」

お言葉に甘えてアンティークな椅子に腰をかける
ぬぬっ、足に何か柔らかなもの
黒猫ちゃんだ！
ゆったり床を横切っていく
「館主のUと言います。ここは九州にゆかりの作家の作品を集めた美術館なんですよ」
Uさんはこの地域でのアートの普及に長年力を尽くして
縁のできた国内外のアーティストの作品をここに展示しているのだそう
バングラデシュの作家の作品もあった
カビールという名前の画家は日本で学んだという
ミヤコさんが着ているワンピースにも似た色づかいが
繊細で暖かい
あれー、黒猫ちゃん
テーブルの足に一生懸命頬っぺを擦りつけてる
このテーブル、私のものなんだよ
だって
うんうん、わかるよ

そうだろうね、そうだろうね

Uさん自身、彫刻家であり、俳人であるそうだ
Uさん作の座禅をする若い女性の彫刻を見せてもらった
ノースリーブの普段着のまま
ちょっと姿勢にぎこちなさを感じさせるけど
きりりとした表情
初々しい
きっと日頃から親しくされている方なんだろう
そうじゃないとこんなに細やかな表情を彫れやしない
黒猫ちゃん、今度は椅子の間をくるっくるっとして
背中をしならせて、絨毯で軽く爪とぎ
すっきりしたかい?

「宇治山哲平の作品を集めた部屋があるのですがご覧になりましたか?
大分出身の有名な抽象画家なんですよ」
Uさんとも親交があったという
名前くらいは聞いたことある
「どうぞ、こちらへ」

ほうっ

それは
赤と緑とオレンジが
○と□と△が
軽やかにコロコロ遊ぶ世界
コロコロ
コロコロ
あ、ソレ
コロコロ
ソレ、ソレ
コロコロ
コロコロコロ

「形が面白くてとっても楽しいです」ミヤコさんが感嘆すると
「そうでしょう、そうでしょう。
宇治山さんの絵ね、一つ一つの形にみんな意味があるんですよ。
曼荼羅みたいにね。
だから抽象ですけれど他の抽象画とは違うんですよ」

画面の中で
コロコロ動き回る
○□△
見惚れていると
足元にほわっとしたものが
またまた黒猫ちゃんだ
飼い主さんについてきたのかな?
宇治山哲平の絵を鑑賞するぼくとミヤコさんの間を
するっするっ
抜けていく
そのリズムが
転がり続ける○□△のリズムに
うまく重なってるんだ

○□△と黒猫ちゃんと
素朴な風景画とアヴァンギャルドと
梁のある天井とアンティークな椅子と
バングラデシュと座禅と
…………

水たまりとだんご汁定食と
豪華な和室とシラサギと
綿あめと角質食べる魚と
アジアンテイストの青いワンピースと真っ赤なハートつき黒いTシャツと

ミヤコさんとぼくと

縁が結ばれれば
コロコロ
コロコロコロ
リズムが生まれて
中身はバラバラでもきれいに収まる
ぎゅっと握って
そっと抱いて
収まるんだぁ

サラリ

サラリ、サラリ
サラリ、サラリ

「私もね、ワンちゃんよりネコちゃんの方に近しいものを感じているんです」
「それはなぜなんですか?」
「うまく言えないですけど、昔フィリピンに住んでた頃飼ってたし。
ネコちゃんかわいいですよね」
明日は東京に帰るという夜
舞台は
政治家がお忍びで泊るみたいな(ってトコまで行かないけど)豪華な和室の窓の際
浴衣姿で並んで、灯籠のある庭を眺めながら
ぼくのファミちゃん・レドちゃん自慢話を受けたその告白は
そのまま、ふっと空中に消え

代わりに
細身の彼女の生身のふっくらした抵抗感が
つい今しがたの
ふっくらした抵抗感が
熱を帯びて、浮かび上がってきた
何てゆったりした時間……

それから互いの家族の話になった
「ぼくの父は引退して長いから穏やかな感じですよ。
ファミちゃん、レドちゃんの世話が仕事って感じかな」
それを聞いたミヤコさん
ふぅーっと息を吐き出したかと思うと
「うちの父、悪い人じゃないんですが、
頑固者なんですよ」
えーーーっ
頑固者ですか
いえいえ
ちょっと怖いけど
大丈夫

婚活で知り合った仲では
こうやって「次の段階」が
サラリと立ち現われる
サラリ、サラリ
ごくごーく自然に

ずっと生身を寄り添わせてきたこの丸２日間は
まるで淀みのない時間だった
「頑固って、いいことじゃないですか。
それにミヤコさんだって結構頑固でしょ？」
「えーっ、そうですかぁ。そうかもしれないけど……。私は父とは違うと思います！」
そ、そんなムキにならなくても……
ワンちゃんは飼い主の意向を探ろうとするけれど
ネコちゃんというのは、そこにある身体を
そこに流れる時間に委ねきる
そこに淀みはあるか？
いいや、ない
サラリ、サラリ
サラリ、サラリ

待ってました、待ってました
それじゃ、いつの日か
頑固者相手に
どんな振る舞いをすればいいのかな？
ミヤコさん、一緒に考えて欲しいです

厚くてガッチリ

すぅーっ
はぁーーっ
すーっ
はぁーーっ

さすがに緊張してます
滅多に着ないスーツとネクタイが（職場は自由服だもので）
ぎゅぎゅっ体を締めつけてきます
今日はミヤコさんのご両親にお会いする日
下北沢のドーナツショップで待ち合わせてるんだけど
アイスコーヒー、味が全くしない
深呼吸、深呼吸
すぅーっ

はぁーーっ
すーっ
はぁーーっ
あ、ミヤコさん、来た

先週、ぼくの両親にミヤコさんを紹介したんだ
それがさ
いきなり和気藹藹なのよ
いきなりバンザイなのよ
食事の前に母が1人でやっている陶器の店に連れてったんだけど
「これ、きれいですね」
「あら、そうでしょう。有田の若い作家さんが焼いたものでね」てな調子
ホテルの和食レストランに移動した後は
「インドに出張されたんですか?……あははっ、そりゃ愉快ですねえっ」てな調子
何しろ女性を紹介したことなんか初めてだからなあ
それだけで両親は舞い上がってる
もちろん、ミヤコさんのきちんとした受け答えがあってのことだけどさ
しかし、逆もうまくいくとはかぎらない
お父様は「頑固者」だそうだし

えーいっ、何のこれしき
「辻さん、お待たせしました。今日はよろしくお願いします」
「こちらこそ。緊張してますが、頑張りますのでよろしくお願いします」

いざいざ、相模大野へ
思い出しちゃうな
祐天寺のアパートで面倒を見ていたノラ猫ファミを
伊勢原の実家に連れてった時のこと
猫狩りに遭うんじゃないかと心配してね
アパートじゃ飼えないので両親に飼育を頼み込んだというわけ
今では家の主みたいな顔してるけど
連れてくる時は大変だったんだよ
小田急線の中で
ファミは猫キャリーの内側を狂ったように引っ掻いて暴れた
引っ掻く、鳴く
引っ掻く、鳴く
同じ小田急線でぼくは
暴れこそしないけど手足を硬くさせたまま揺られてマス
深呼吸が途中でふぅっとため息に変わってしまいマス

こりゃ、元気がある分ファミの方が上だ
落ち着けよっていくら自分に言い聞かせてもダメなんだよね
相模大野駅で降りてバスに乗り換えて10分
ラーメン屋さんを過ぎて細い路地に入って
すぅーっ
はぁーーっ
すーっ
はぁーーっ
「ここが私の家です。じゃあ、頑張りましょう」
はい
植木がいっぱい並んだそのお家のブザーを
意を決して
えいっ
押した
すぅーっ
押しちゃったぞ
はぁーーっ

「お待ちしていました。さ、どうぞおあがり下さい」

出迎えてくれたのは
頭髪はちょっと薄くなっているけれど
精悍な感じのお父様、それに優しそうなお母様
「今お茶お持ちしますからね。楽になさって下さい」
楽になんかできるわきゃないけど
勤め先はどこですか、みたいな質問に答えていくうち少しずつ落ち着いてきた
サルサのバンドを学生の時から30年やっている話をすると
「ははは、それは結構ですねえ」
おいおい
フレンドリーな雰囲気じゃないか
お母様は俳句を詠まれているそう
同好の方と共同で刊行した句集を見せていただいた
良い句が幾つもあった
詩集を出したことのあるぼくとしては
「今度単著で句集を出されてはいかがでしょう?」と
先輩風（?）を吹かせてみた
「いやあ、私なんかがとてもとても」
謙遜されていたけれどまんざらでもないような……

余裕も出てきたし、攻勢に転ずるか
「お父様はフィリピンで印刷の仕事をされていたとお聞きしましたが？」
すると待ってました！　とばかり
「私はね、若い頃は○○印刷に勤めていたのですが、
その後、縁があってフィリピンの印刷会社に入り
経営に携わることになりました。
ミヤコがまだ小学生の頃でしたかねえ」
そこからの話はマジ面白い
フィリピンの人たちに印刷についての知識を授けて
信頼を勝ち取っていったというのだ
「日本人が評価されるのはですねえ。
現地の人にノウハウを教えて自分たちの手でできるようにさせるところですよ。
他の国の人はそんなことしない。ただこき使うだけ。
日本人は現地の人と一緒にやろうと考える。
だから信頼されてどんどん次の仕事がくる」
「フィリピンではたくさん友人ができましたよ。
印刷会社の社長の弟さんでカルロスさんという方がいらっしゃるんですけど、
今でも大親友ですよ。
フィリピンに来い来いっていつも言われてまして、

前に遊びに行った時は一家で大歓迎でした」
日本はフィリピンに侵攻したことがあったじゃないですか？
「そう。すごい迷惑をかけた。
でも、日本を恨んでいるフィリピン人はあんまりいない。
××さんという方なんて
日本軍の捕虜にされたんだけど収容所がそれはそれはひどいところで、
海の近くにあるんだけど、
潮が満ちてくると収容所に海水が流れ込んでくるっていうんだ。
それでも自分からはそんな話ひと言もしない。
後で知った時はびっくりしたねえ。
戦後の日本は戦前とは違うってわかっているんだ」
熱のこもった話がいつもまでも続く
テレビのドキュメンタリー番組を見ているよりもずっと面白い
日本の繁栄を支えてきた人の中にこういう人がいたんだなあ
まあ、こういう草分け的な仕事をする人は
多少頑固なところがないと務まらないよな

話題を仕事から趣味に変えてみた
「お父様は陶芸がご趣味とうかがっているのですが、

この棚にあるお皿やカップはお父様の作品ですか?」
こちらの反応もすごい
「ええ、ええ、だいたい私が作りました。
引退してから陶芸を始めましたけれど、今では出品して販売もしています。
最近あちこちで陶器市が開催されるようになってきてましてね。
月に何度も展示販売することがあるんです。
仲間と一緒に店を出してね、これが楽しくて仕方ない」
横からお母様が嬉しそうに口をはさむ
「これだけやってて赤字じゃないんですって」
「そうなんです。多くはないんですけどね。利益が出てるんですよ。
そのためにはちゃんと使えるものを作らなくちゃいけない。
例えばこの急須は取っ手のところが難しい。
ぽきんと折れちゃったらどうしようもないですから」
棚に収めてある作品は
母の店の有田焼と違い
分厚く、ガッチリ作られている
でも
マグカップはお茶が飲みやすく
皿は料理が並べやすく

使う人のことを一生懸命考えて作った末にできた形だ
しかも遊び心も忘れていない
「これ何だと思います?
瓢箪みたいな形でしょう。
これ、徳利を真っ二つに切ったものなんですよ。
面白い形のおかず入れができるなと思いついて
切ってみたら意外と使いやすくて評判もいい。
飽きがこないようにするには工夫が必要なんですよ」
それら線の太い造形物は
にょきっと足が生えていて
踏ん張っているように見える
滑らかではない厚手の体は
紛れもなく生きている者の生きている手で
ヨイショヨイショとこねられたもの
土だけど
生身だ
スキを見て
乗せてある料理を
パクッと

食べちゃう
ん？　一つ残しておいた肉だんご、どこ行っちゃたんだ？
なんてことが起こってしまうかも

後半はすっかり聞き役に回ってしまったな
ぼくのことはあんまり聞かれなかったな
「また是非おいで下さい」の声に送られて
お家を後にする
「お疲れ様でした」ミヤコさんが笑う
「ふーっ、疲れたけど、何か楽しかったですよ」
涼しい風が吹いている
振り返ると
家の前に並べられた山野草の鉢が
来た時よりずっと鮮やかに見える
すぅーっ
はぁーーっ
すーっ
はぁーーっ
夕暮れの空気はおいしいなあ

定番デビュー

全く月並みな話ですよ
全く人並みな話ですよ

夏と言えば花火大会ですよ
カップルで並んで眺めるのが定番ですよ
でも
仲間とワイワイ行ったことはあっても
2人で、というのは人生史上例がない
ない、ない、ないなあ、ないんですよ
それが本日、人生史上の例、作っちゃうんですよ
このままだと
月並み人並み定番の輪に入っちゃうんですよ
どうしよう

西国分寺の駅を降りて
スーパー抜けてガード潜ってパチンコ屋さんの前を通る
勝手知ったる道
最近、毎週末足を運んでるからね
この少々殺風景な道路を越えると
緑豊かな地域が広がっていてミヤコさんのマンションがある
夏の風に煽られた白い蝶々に導かれるように歩いていると
頭の中もひらひらしてきて
「勝手知ったる」ってトコまで来たことに
今更ながら驚いちゃうよ
「いらっしゃい。お待ちしてましたよ」
へーっ

ナデシコの花がぽぅっと浮かんだ、紺の地の衣
きりりとコントラストを作る、黄色の帯
髪には白菊の飾り

「わぁ、すごく似合ってますよ。きれいな浴衣だなあ」

「ありがとうございます。自分で着るのは自信がなかったので、
美容院で着つけてもらったんですよ」
おしょうゆ顔のミヤコさん
予想はしていたけどホント良く似合ってる
「自分で買ったんですか？」
「いいえ、昔、着物好きの友だちからもらったものなんですけど、
なかなか着る機会がなくて。
実は、浴衣で花火大会行くの、これが初めてなんですよ」
えーっ、そうだったのー？
責任重大じゃん
ぼくで良かったんですか？
おいおい、変なこと自問するな
「記念に写真撮らせて下さい」
前、横、後、アップに全身
7枚も撮らせてもらった、ヤッホー！
「わぁ、良く撮れてますね。ちょっと恥ずかしいけど嬉しいです」
ぼくも嬉しい
ミヤコさんの初めての浴衣着用花火大会
成功させねばっ

立川駅を降りると
まだ5時前だっていうのにすごい混雑ぶり
あちゃー、ちょっと遅かったかな
歩道橋を降りるのにもひと苦労
「ミヤコさん、大丈夫ですか？　もっと早く来れば良かったですね」
「みんなが楽しみにしている花火大会なんですから当たり前ですよ。
それより、今から昭和記念公園の中に入るのは大変なので、
花火が見られる適当な場所を探しましょう」
ごもっとも
のろのろ進みキョロキョロ探す
おっ、あの辺り
公園からちょっと離れてる、まあ道端なんだけど
視界は開けてるし座り心地は良さそうだしトイレも近くにあるし
「ミヤコさん、あそこどうですか？」
「いいですね。シート出します」
首尾よく陣取り終了
さて、ビールとつまみ、買ってくるか

ひと息ついて周りを見渡すと
浴衣を自慢げに着て
「彼氏さん」に笑いかけている色とりどりの「彼女さん」たちがいる
落ち着いた色調の浴衣をしっとり着こなした、大人ぁって感じの女性もいるし
ほら、あのコなんか
いかにも付け帯ーって感じの帯を
マンガみたいなキッチュな柄の浴衣につけてケータイ握りしめてるよ
オシャレに甚平着こなしている男性、増えてきたんだな（ぼくはジーンズだけど）
同性のカップルもいるし
歳の差カップルもいるぞ

パッパパーンッ
始まった

花火が次々にあがる
「わぁ、すごい。よく見えますね。この場所正解ですよ」
「バッチリですね。それにしても凝った花火が多いなあ」
シューッとあがってパンッパンッパンッ
3回くらい開く花火やら

真ん中が密で同心円状に薄く大きく広がっていく花火やら
ほわぅん、笑った顔みたいに見える花火やら
やるねー

花火もすごいけれど
「ウォーッ」「ワァーッ」
周りの歓声もいい感じだ
隣にいる女のコなんか彼氏さんの甚平を掴んで
びゅんびゅん振り回しながら黄色い声張り上げてるよ
ここにはカップルの定番の姿があるんだなあ
そしてぼくたちも今まさに
その一員として行動してる
叫んだりはしないけどさ
浴衣の似合うミヤコさんの腰に手を回して
ビール片手に微笑み合ったり
40代にして２人して
定番デビューだ
「このソーセージ食べちゃいません？」
「あ、いただきます」

ケチャップで汚れてしまった指を見てすかさずティッシュを出してくれる
ミヤコさん、こういうことにすぐ気づく人なんだ

昔はどっちかっていうと花火大会なんかバカにしてたんだよね
夏の一番暑い時に人の集まるところでベタベタしちゃって、なんて
確かに確かに
カップルが集まる場所にはそういうトコ、あるのさ
花火大会とかクリスマスイヴとか
儀式みたいに一律な定番の作法ってのがあるのさ
でもでも
俯瞰してみるとそうかもしれないけど
1人1人は結構個性的だぜ
ぼくたちがまさにそうじゃないか
「うわぁ、あのしだれ柳みたいな花火、きれいですねえ。
開いてからあんなに長く空中に残るんですねえ」
うんうん
ぼくとしてはミヤコさんの横顔も目に焼きつけとかなきゃ
初々しい定番デビューの横顔
ビールでちょっと赤くなってるその頬に

隣ではしゃぐハタチくらいの女のコに負けない初々しい気持ちが
刻まれているんだ
しだれ柳を模した光線のように強く鮮やかに、ね

フィナーレの派手な打上げの後
これで終わります、のアナウンス
ゴミを袋に収めてシートを畳んで
腰をあげて大量の移動の列に加わる
のろのろしか進まないけど
なあに、急ぐことはない

全く月並みな話ですよ
全く人並みな話ですよ
でも
月並みな話は
月並みじゃなかった
人並みな話は
人並みじゃなかった
ぼくとミヤコさんの人生史上初の儀式、無事終了

これから中央線に乗って少々殺風景な道路を越えて緑豊かな地域に入って
勝手知ったるお部屋へ
今見た花火のことを
ゆっくり、ゆっくり、語り合うんだ

いつもよりちょっとみっともない顔

ファミちゃん
レドちゃん
先日はありがとうございました
久しぶりに実家に帰って君たちの元気そうな顔を見て
安心しましたよ
もうぼくより両親の方に懐いているようで
少しさみしい気もしましたが
ぼくにもいっぱい頭を撫で撫でさせてくれてありがとう
えーっと
今日はぼくにとって特別な日になるだろうから
応援してくれると嬉しいです
そんじゃ行ってきます

ミヤコさんと横浜美術館前で待ち合わせて
奈良美智展を見る
入ってすぐのところに女の子の頭のでっかいブロンズ像
「いやあ、ド迫力だね」
「こういうこと思いつくのが奈良さんのすごいトコなんでしょうね」
細いライトに照らされて
暗い展示室にぽっかり浮かんだ数体の巨大なおかっぱ頭
かわいいというより
深沈とした悟りきった表情
まるで大仏の首のよう
眺めながら心をうろうろさせたら
怖いかも
押し潰されるかも
でも気持ちをぴたっと岩のように静めていたら
守ってくれるかも

「面白かったですね」

「たくさん作品見ましたけど、最初の彫刻のインパクトはすごかったです」

美術館を出て、さてどこ行きましょう?

ってことで赤レンガ倉庫へ
9月も後半なのでもう暑くもなく寒くもなし、時間もあるしで
ぶらぶら
「あれ、大道芸人さんかしら？」
「無料の野外ライブかな？　ちょっと見ていきましょうか」

鼻を赤く塗った若い男女2人が軽快な音楽に合わせて
器用にピンをジャグリング
3本ずつ持ったピンを空中でコロッと回転させながら交換
背中で受け止めたりして
うまいもんだねえ
20程用意された丸椅子は全て小さな子供たちに占められていて
みんな声も出せない程熱心に見入っている
あっ、男性の方が1本落としちゃった
気にしない気にしない
ペロッと舌を出して肩をすくめる仕草をしたかと思うと
以前に倍するスピードで放り始めた
演技がひと段落、盛大なパチパチパチパチ
「思わず見入っちゃいました。

芸人さんとの距離が近いから。やっぱりライブはいいです」
うんうん、生きている体の量感と躍動感は確かに違う
見入ってる子供たち、それに
ミヤコさんの刻々変わる表情も

ぶらぶら、ぶらぶら
赤レンガ倉庫へ
外見は重々しい感じだけど、中はお店でぎっしり
それも女性が好きそうな店ばかり
アクセサリーにスカーフ、アジアン雑貨……と
「今日は買わないですけど、ちょっとだけ見ていいですか?」
今度は石鹸屋さん
色とりどりの石鹸が何やら高貴な佇まいで鎮座してる
肌にも環境にも優しいしっとりした質感、ですか?
フルーティな香りが誘う甘い眠り、ですか?
100円の石鹸しか買ったことのないぼくにはまさに別世界だな
「私、昔から良い香りのものには目がないんですよ。
アロマテラピーや香道にも興味があります」
ミヤコさん、楽しんでる

周りの女子の方々もみんな真剣に楽しんでる
楽しんでいる生身ってのは
ヒクヒクッ、ピクピクッ
意志が生きて、動いてる、動いてる
いいぞ、ヒクッ、ピクッ
「つきあわせちゃってすいません。満足しました。さ、行きましょうか」

ぶらぶら、ぶらぶら
山下公園へ
午後3時半の長閑な海を眺めながら
白い客船がボーッと通り過ぎるのを眺めながら
カモメが悠然と空に浮かんでいるのを眺めながら
しっとり手をつないで
ぶらぶら歩く
9月下旬ってのは本当に穏やかな時季
夏の名残りを感じさせながら、暑くもなく寒くもなく
「のんびりしてていいですね。波もとっても静かで」
「ええ、山下公園久しぶりに来ましたけどきれいでいいところですね」
海があってまっすぐな道があって花壇があってベンチがあって

つまりはまあ
平板な眺めなんだけどね
ぶらぶら歩くのには向いている
奈良美智展鑑賞したし赤レンガ倉庫寄ったし
大道芸なんてのも覗いたりして
この後中華街で食事だけど、それまでまだたっぷり時間がある
このたっぷりの時間の一部を使って
当初から決めていることがある
それはね……
「ねえ、ミヤコさん、港の見える丘公園の方に歩いてみませんか?」

氷川丸を左手に橋を渡れば港の見える丘公園のふもとだ
ここからちょっと急な登り道
ぼくたちは歩くの好きだしそんなのちっとも苦にならない
イギリス館、フランス領事館遺構
「この辺、ハイカラ文化の発祥の地だったんだって改めて思いますね」
「ヨーロッパ風の噴水多いですしね。ハイカラを意識した造りにしたんでしょう」
平坦な山下公園と違って
港の見える丘公園は起伏があるのが特長だ

上がったり下がったり
曲がり角も多い
噴水と花壇が点在して
ベンチにはカップルの姿が
定番だなあ
デートの定番
ぼくたちもゆるい潮風に吹かれちゃったりして
定番の姿の一つに収まってるわけだ
いいね、定番
そしてもうすぐ展望台
「わぁ、ベイブリッジですね。写真でも撮りましょうよ」
夕暮れ近い、と言ってもまだ明るい横浜港をバックに
定番の写真、撮り合っちゃいました
横では、中国人観光客の団体さんが派手にはしゃいでいる
「天気が良くてラッキーでしたね。
あの方たちもはるばる日本まで来て、いい景色見られて、良かったですね」
「いやあ、本当に天気には恵まれましたよ。
中国の方たちにもいい土産話のネタになるんじゃないかな。
ところでだいぶ歩いたし、ちょっとあそこのベンチで休みませんか?」

さて
ここからが今日の本番
ファミちゃん、レドちゃん、見てて！

展望台からちょっと離れたところにポツンとある
さっき密かにチェックしておいたベンチに向かって歩き出す
……おい、不思議だな
思ったより緊張してないよ
花壇に植えられたマリーゴールドが微かな風にそよぐのが
すごくよく見える
時間がぼくのために
ゆったりゆったり流れてくれてるって感じだ

「ミヤコさん。おつきあいしてきて、ぼくは、
ミヤコさんのことがとても好きになりました。

ぼくと結婚していただけませんか？

ぼくはミヤコさんを幸せにしたいし、ぼくも幸せになりたいんです」

「……ありがとうございます。お申し出喜んでお受けします」

マジか？
お受けしてもらっちゃったよ？
家庭持っちゃうってことだよ？
奈良美智さんのジャイアントおかっぱ少女が見守ってくれてたのか
深沈とした表情の大きな女の子の頭が
まだ明るい青い空に浮かんで
うんうん
ぼくの願いにOKを出して下さった
やったね！
今更ながら心臓がバクバクしてきた
プロポーズ記念にミヤコさんの写真を1枚撮らせてもらった
スマホに残されたのは
頬を紅潮させた
いつもよりちょっとみっともない表情の顔
そのみっともない顔を何よりも大事に思うぼくが
今ここにいるってこと

ファミちゃん

レドちゃん
応援ありがとう
最大のミッションは無事成功
まだ４時すぎ
ぶらぶら歩きをもうちょっと続けてから
中華街でおいしいお店を見つけてご飯を食べることにするよ
来月、御礼と経過報告を兼ねて君たちに会いに行くから
その時はまたいっぱい頭を撫で撫でさせておくれよ、ね？

籍の話

あれよあれよ
あれよあれよ

港の見える丘公園の見晴らし台でプロポーズなんかしちゃって
あれよあれよ
ぼくの両親は「良かった良かった。嬉しいことだねえ」
あれよ
ミヤコさんのご両親は「そうですか。おめでとうございます。頑張って下さい」
あれよ
式は来年の3月にしよう
それじゃ引っ越しは2月か
あれよあれよ
婚活で結ばれたカップルはとにかく決断が早い

結婚は何たって共同生活だからね
「やらなきゃいけないこと、おおまかなスケジュール作ってみます」
ミヤコさんはこういう作業は得意だ
喜々として項目を書き出して
「もう10月だからまずは式場探し。荷物の整理も頑張りましょう」
あれよあれよあれよ
今日は週末だからミヤコさんのマンションにお泊まり
パスタ作って、お皿洗って、お風呂入って
さあ後は手つないで寝るだけ
あれよあれよ、だ
ここで
気になるあのこと、聞いてみよう

「あのー、ミヤコさん。
籍のことだけど、ぼく、鈴木の姓に入ってもいいんだけど」
そしたらミヤコさん
仰向けだった姿勢をこっちに傾けて
「私、弟いるから、辻の姓に入りますよ。
カズトさん長男なんだし、その方がいいですよ」

ふーん、長男かあ
あれよ、とはいかないね

婚活してたくせに
実は「籍を入れる」のがちょっとイヤ
お互い姓があるのにそれを1つにまとめるっていうのが
どうも、ね
2人の人間の暮らしを1つの籍で管理する
それもどっちかの姓で管理する
どうも、ね
少し前に用事があって母に電話した時
それとなーく
「籍入れないで結婚するっていう選択はどうかなー」と言ってみた
「そんなのダメよ。ちゃんとしなくちゃ」と当然のように言われて
なるほどねえ
世間一般ではそういう理解が主流だよねえ
もう少したつと変わってくると思うんだけどねえ
事実婚で「ちゃんと」している人なんかいくらでもいる
事実婚についてざっと調べた感じでは

籍入れ婚と比べて実用的にさほどデメリットがあるわけじゃない
だから、まあ
姓を同じくすることのイメージの問題
こいつが一番大きいんだろう
籍入れ婚については
同性のカップルを排除しているのが気に入らない
それと、家系に支配されてる感じが気に入らない
でもって、それを主に男が負うというのが気に入らない
気に入らないけれど
周囲がそうしろという圧力をはね返す程の気力はないんだよね
結婚制度は行政サービスとしてちゃっかり利用したいし
世間体というのもちゃっかり取り繕いたいというのが本音
ぼくたちの名前がいわゆる「下の名前」だけで
最初から姓なんてものがなければ
あれよあれよ
なんだけどねえ

でもでも
こんなことがあった

ノラ猫だったファミを避妊手術のために動物病院に連れていった時のこと
初めての入院にファミは随分暴れて鳴いたけど
その割に看護師さんたちに結構懐いて食欲もあったらしい
手術の傷も塞がって引き取りに行った時
ぼくの顔を見たファミは喜んで顔を擦り寄せてきてくれた
猫の健康手帳みたいなものを貰い、開いてみたら
「辻ファミ」
血がカァーッと熱くなるのを感じましたよ
ファミちゃん、ぼくの家族なのか?
うっへぇー
猫は犬と違って役所に届ける義務はないし
籍に準ずる類のものでも何でもないんだけど
それでも
ぼくが守らなきゃ、という意識が生まれて
困ったな、という感情と
家族として認められて嬉しい、という感情が同時に湧き起ってきた
姓の力ってすごい、と感じさせられた瞬間だったたってこと
面倒を見ていた他の猫ちゃんたちも
その後みんな「辻」の姓を持つようになった

あれよあれよ
あれよあれよ

ふと横を見ると
ミヤコさんはスースー寝息を立てている
つないでいた手をゆっくりほどいて
天井を見つめる
それから薄明かりのもとで辺りを見回す
何事に対してもきちんとしているミヤコさんの部屋
清潔でよく整理されているなあ
アジアンテイストのオシャレな織物が架けてあったりもして
散らかりっぱなしのぼくの部屋とは大違いだ
秩序に対する強い意志に貫かれた部屋
こりゃ、守ってあげるじゃなくて、こっちが守ってもらう方だな
ミヤコさん
それでは「辻」の姓をぼくたちの暮らしのために役立てさせて下さい
ミヤコさんの持ち物って感覚でいいですよ
ファミちゃんの役にも立ちました

ノラ猫ファミは
あれよあれよと
家猫になりましたが
ぼくたちも
あれよあれよと
夫婦になりましょう

たたたんたんた

たたたんたんた、たたたんたんた
たたたんたんた、たたたんたんた

「私、何となくですが、式を挙げるなら神社がいいかなあ。
従弟が神社で式を挙げて、ああ、いいなあ、と。
派手なのは嫌なので、家族と親戚だけの式で……。
神前式で良ければ神社廻ってみませんか？」
うーん、うーん
いやー、いやー
とゆーか、とゆーか
昔から「式」と名がつくものは全般的に苦手なんだよね
袴履いたりタキシード着たり
うわ、想像するだけで震えが走る

でもでも
こういうのも通り抜けなきゃいけない関門
結婚については彼女が望む方向でいくって決めてたしね
今までの人生で避けに避けてきた
うーん、うーん
いやー、いやー
とゆーか、とゆーか、に
向き合う時が遂に来た

で、はい、今御茶の水駅です
10月の風が涼しく光る神田川を渡って神田明神へ
ちょっと中華風の真っ赤な社殿に、でっかいお茶目な大黒様の石像
ん、あの斬新なデザインの緑のお守りは？
はぁ？ 「ＩＴ情報安全守護」
アキバが近いしねえ
しっかりした伝統を感じさせると同時
素直な商売っ気が茶目っ気生んでる
「気取りのない雰囲気がいいね」
「ここは従弟が結婚式を挙げたところで、いい感じだなって思っていたんですよ」

お昼をはさみ飯田橋に移動して東京大神宮へ
社殿は落ち着いた色調で全体に荘重な感じだけど
境内にはかわいい花を植えた鉢
そして女性参拝者の多いこと多いこと
どうもここは縁結びの神社として有名らしい
売店では縁結びのお守りがいっぱい
吊るされている絵馬は恋愛成就祈願がいっぱい
静かな境内は、実は熱気でいっぱい
「人気のある神社ですね」
「落ち着いた雰囲気の中に活気がありますね」

翌週はまず信濃町の明治記念館へ
駅からテクテク歩いていると敷地がいかに広大かよくわかる
到着したら豪華なウェディングドレスの展示がどーん
会館内はごった返すブライダル相談所がどーん
ようやく名前を呼ばれて係の人に案内してもらう
儀式の場所、披露宴の間、それに庭園
庭園はホントすごい

広いし手入れが行き届いている
親族一同の記念撮影には最高だろうなあ
でも
「賑やかすぎてちょっと落ち着かないかなあ」
「そうですね。私たちはもっとこじんまりとやりたいですね」

午後はいよいよ最後、赤坂の日枝神社
ビルの谷間に位置していて
境内に辿り着くまでにながーい階段を昇らなくてはいけない
おや、途中からエスカレーターがついている
昇って昇って
ほい、いい眺め
昇りきった広い場所が神社の敷地で、何と宝物殿なんかもある
神門の横には奉納された酒樽がぎっしり
おりゃ、あれは
お猿さん夫婦の像
涎かけをマントのように華麗に着こなしてる
荘重な雰囲気の中に癒しの要素
「祭神がお猿さんとはユニークだね」

「そうですね。でも格式がある感じもしました」

神社ってお正月くらいしか足を運んだことなかったけど
じっくり見学してみるとどこも個性的
まさに「ぼくの知らなかった世界」
それにしてもミヤコさん、熱心だった
ブライダルの係の人に細かい質問してメモ取ってて
きりっきりりっ
勤務先でもきっとこんな顔してるんだろう
こういう姿も
「ぼくの知らなかった世界」だ
うーん、うーん
いやー、いやー
とゆーか、とゆーか
じゃ太刀打ちできないぞ

「ところで、今まで廻った中で、カズトさんはどこが良かったですか？」

「そうですねえ。

それぞれ良かったけど……神田明神かな。

伝統あるけど庶民的っていう感じが、ね」
「そうですよね。私たちには一番合っている感じがしました。
披露宴会場の広さはぴったりだし、交通の便はどこよりもいいですし。
長い石段なんかないから高齢の方でも安心して歩けると思います。
私たち、やっぱり感覚が似てるんですかね」
会場の広さに交通の便に石段か
ポケーと見てただけでちゃんとチェックしてなかった
でも結果オーライ
「そうだねえ、同じ神奈川出身だからかな」
ミヤコさん、上機嫌
「それじゃ明日にでも仮予約取っちゃいましょう」

帰りにもう一回神田明神に寄ってみた
夕闇の中、ライトに照らし出された社殿は
三角形の屋根が赤く映えて美しい
賽銭箱に百円玉を投げて「無事に良い式ができますように」
同じタイミングで顔をあげて
ミヤコさんとにっこり
おや、どこからか

チープなお囃子の音がする
たたたんたんた、たたたんたんた
ひゅーぅ
お金を入れると動く、獅子舞おみくじかぁ
昔、こういうの大っ嫌いだったんだが
「カズトさん、面白いですよ、獅子舞の動きうまく真似てますよ」
2人組の女の子は獅子が運んできたおみくじ見て大喜び
うーん、うーん
いやー、いやー
とゅーか、とゅーか
で避けてきた「ぼくの知らなかった世界」が
どんどん近くなってくる
どころか、押し寄せてくる
受けて立ちますぞ
たたたんたんた、たたたんたんた
たたたんたんた、たたたんたんた
ひゅーぅ
うん、うん、うん！

薄々、は、やっぱり

やっぱり
やっぱり
　薄々、は、やっぱり

予想はしていたんですけどね
ああ、ミヤコさんの本質というものについて、です
薄々、と思っていたことが、やっぱり、だった
そんなお話を
皆様に聞いていただきたいと思います（ぺこり）

銀座駅で待ち合わせ
今日は婚約指輪を買いに行く日です
そもそも婚約指輪とは何ぞや？

男性が婚約の記念に妻になる女性に贈る指輪のことで
なぜかダイヤモンドの指輪が一般的で
男性は貰えず、貰えるのは妻になる人だけだそうです
婚約指輪という名前ですが
なぜか結婚後もはめて良いそうです
そのため長くはめられる質の良いものを選ぶそうです
なぜか「給料3カ月分くらいの値段が相場」と言われていますが
「35万円から50万円まで」にまけてもらえました（ホッ）
なぜかお返しに指輪の値段の半分くらいのものを買ってもらえるそうです（ラッキー）
指輪を買う店は既にリストアップされていて（式場探しの時と同じだな）
なぜかもへちまもなく
ぼくはミヤコさんが選んだものを追認するのがお役目
ってことになりそうです

「まずはここ。前にピアスやネックレスを買ったことがあって、良いお店ですよ」
2階にあがると……高価そうなダイヤの指輪がズラリ
やっぱり婚約指輪っていうのは宝石屋さんの稼ぎ頭なんだな
みんな真剣に探してる、緊張するなぁ
来たぞ、来たぞ、来たぞ

「いらっしゃいませ。指輪をお探しですか?」と上品な感じの店員さん
柔らかな口調でダイヤモンドの見方を説明してくれる
「ダイヤモンドの品質は〝4C〟という4つの基準で決められます。
1番目は色。colorのCで、無色に近い程良いです。
2番目は透明度。clarityで、傷や内包物がない程上質です。
3番目は質量。caratという単位で測ります。
4番目は研磨。cutですね。正確にカットされたものは美しさが違います。
この4Cを頭に入れてお選びいただければまず間違いはありません」
何と何と、説明を聞いてからケースを覗くと
ついさっきまでみんな同じようにしか映らなかった指輪と値札の関係が
だんだんわかってくるではないか!
店員さん、ありがとう
その間、真剣な視線を何度となく指輪に向けるミヤコさん
3つくらいケースから出してもらって
「ありがとうございました。また来ますね」と戻してもらった
ぼくは初めてのジュエリー体験にいささか興奮
店を出て「ねえ、どうだった? どうだった?」とミヤコさんに聞くと
「相変わらず良いお店だったですけど、今回はイメージに合うのがなかったです」
とクールなお返事

次に行ったのはぼくらが入っていた結婚情報サービスと提携している店
にこやかに、かつ、ギラリと振る舞うアイライン濃いめのお姉さんから
これでもか、とオススメを見せてもらう
さすがにダイヤモンドの質はいい
さっき教えてもらった4Cを一生懸命思い出してみても
うん、条件クリアじゃないかな
でも、ミヤコさんは「いろいろ見せてもらってありがとうございました」
そそくさ店を出てしまう

その次は和のデザインが人気というお店へ
どの指輪にも素敵な漢字の名前がついている
微かに波打っていたり、形もひねりがあってユニークだな
熱心に見入っていたミヤコさん
「これ見せて下さい」と店員さんに頼むと
はい、と言って出してくれるが、それきりひと言も喋らない
「他に同じくらいの値段でオススメのはありませんか」と聞いたら
「すみません。私はまだ商品をお客様にオススメできる立場にないので、
担当の者を呼んできます」

真っ黒おかっぱ髪の若い店員さんはまだ緊張いっぱいの様子
ジュエリーの世界は厳しいんだなあ
代わりに来たベテラン店員さんの接客はさすがに安定している
見せてもらった自慢の品、なかなかいいんじゃない？　と思ったが
ミヤコさんは「ありがとうございました。また来させていただきます」

足が疲れたので喫茶店で休憩
「いろいろ見てきたけどどう？　結構良い指輪あったような気がするけど」
ミヤコさん、遠くを見つめるような目つきになって
「どれも悪くないですね。でも、どれもちょっとずつどこか足りなくて。
心を動かされるってところまでいかないんですよ」
それでもって自分自身に確認を取るかのように
深く頷いたんだよね
はーっ、やっぱりなー
モノが人生において占める比重がさ
ぼくとミヤコさんとじゃ比較にならないくらい違うんだな
気に入ったモノを選び抜いて買うっていうのがさ
生き方の問題なんだよ
人間の芯が、質が、問われてるんだよ

ははは一っ
プロポーズの時に指輪を用意なんかしなくて
ほんっとに良かった
気に入らなかったら大変だもん
ぼくなんか服とか靴とか何でもいいのにさ
そう言えば、ファミちゃん、レドちゃんは住処には執着するけど
モノにはあんまり執着しないなあ
ボールとかネズミの人形とか猫用のオモチャを買ってあげたことがあるけど
しばらく珍しそうに見て
くんくん臭いを嗅いだら、後は見向きもしない
ただ、揺らしたり上げ下げしたりすると
姿勢を低くして
しっぽをユラユラ、ブルブル、振って振って
それっ、ガーッ、飛びかかる
ファミとレドにとってはモノより「動き」が大事だってこと
でも、ミヤコさんは君たちとは違うんだ

疲れも取れて、総本山のティファニーへ
混んでる、混んでる

広いスペースがカップルで埋め尽くされてる
不況、不況と言うけれど
みんなこういうところにかけるお金は持っているんだよね
でも、これは贅沢とはちょっと違うようだ
見よ、あの眼差し
指輪に見入る女性たちの中に笑顔を浮かべてる人なんかいない
眉をしかめて苦悶の表情を湛え
店員さんの説明を聞いて重々しく頷き
ケースから出してもらった品物に全身全霊で応えている
それに比べて、男たちのまあ何とマヌケなことよ
彼女さんのお尻にくっついて
自信なさげに辺りをキョロキョロ見回して
ケースの中の指輪をいかにも価値がわからない風に眺め
彼女さんが移動すると慌てて小走りで後をついていく
それは取りも直さず
トホホ
ぼくの姿でもあるんだけどね
いや、ぼくはダイヤの４Ｃについてはちょっと権威だからあいつらよりはマシだ
……なんて思っているうちに、あれれ

ミヤコさんは奥のケースに移動、追いかけなくっちゃ
「いらっしゃいませ。気になるものがあればお出し致します」
若い男性店員がミヤコさんに話しかけてきた
しばらく待っていると、５つの指輪を持ってきた
途端、一粒ダイヤの脇に小さなダイヤをちりばめた一品に
ミヤコさんの目が釘付けになった
「この指輪はティファニーセッティングと言って、
ダイヤの美しさを最大限に際立たせるため６本の立爪で石がセットされています。
こう、斜めからでもダイヤがとても輝いて見えますよね。
こちらの方は新しいデザインの指輪で……」
ミヤコさんはその新しいタイプの指輪もちら見したけど
すぐさっきの指輪に向き直る
刺すようだった視線が潤んでいる
お値段は？
50万！　予算ギリギリだ
「カズトさん、私これです。これが気に入りました。これに決めていいですか？」
はいはい、いいです
大丈夫です

6本の爪の神輿に乗ったダイヤモンドは
鉱物とは思えない柔らかな光に包まれていて
きらきら頷いている
宿っているよ
ここにミヤコさんの本質が宿っている
ぼくの知らなかった世界
薄々、と
覗き込んで
やっぱり
やっぱり、だ

店を出るともう夕暮れ
「お疲れ様でした。満足できる指輪が見つかって良かったですね」

「ありがとうございました。見た瞬間、これだ、と思いました」

「それはそうと、お腹空きましたね。夕ご飯にでも行きませんか?」

「そうですね。韓国料理なんてどうでしょう。

カズトさん、嫌韓デモなんてけしからんって言ってたじゃないですか。

アンチ嫌韓ってことで、韓国料理」

というわけで
優雅な銀座から活気ある新大久保へ、対照的な土地柄の場所に移動します

薄々、は、やっぱり
薄々、は、やっぱり
ミヤコさんはモノ選びに決して妥協しない人なんだぞ
ミヤコさんの持ちモノはミヤコさんの精神を表現してるんだぞ
買い物を通して頑固に生き方を追求してるんだぞ
カズト、お前とは違うんだぞ
このことは多分何事においてもそうだろうから
カズト、よく覚えておくんだぞ
それにファミちゃん、レドちゃん
君たちもいずれミヤコさんと会うことになるだろうから
しっかり覚えておくんだぞ

鶴はきりっと舞い降りる

きりっといこう
きりっと
いかなきゃいけないいんだけど

ピイー、ピイー
ふゎー、うるさいな、もしもし
「もしもし、ミヤコです。10時半待ち合わせですけど、今どこですか？
今日、結婚式のセミナーの日ですよ」
げげっ
「すみませんっっ、今起きました！　すぐそちらに向かいます!!」
布団はねのけ、駆けつける駆けつける
はあっ、はぁっ
11時半、神殿で新郎・新婦のモデルを立てて儀式の説明をしている最中

さささっとミヤコさんの隣の席に滑り込む
「今度は玉串の根本を神前に向けて……」
細かい作法説明してる
ふぁぁー、それにしても疲れたなぁ
横目で睨まれる
すみません、すみません
「式場見学に遅刻だなんて、これで切れちゃう女の子いると思いますよ」
「すみませんっ、つい寝坊しましたっ、本当にすみまっせんっ」
昨夜遅くまでyoutubeで猫ちゃん動画を見まくっていたのでつい疲れが……
言い訳になりませんね
「1人で参加するの辛かったですよ。
でも、儀式のことはおおよそわかりました。
もう少ししたら模擬披露宴ですから、お料理のチェックもしておきましょう。
いいですか?」
はぁーい

モデルが入場して鏡開きにケーキカット
いつでもお客様に笑顔を向けるのがコツなんだな
〝コツ〟生かして実演するのがぼくだと思うとゾッとするけど

お色直しを終えた新郎・新婦役モデルが再入場
ふっと暗くなってキャンドルサービス
幻想的でなかなか美しいじゃん、と思って見ていたら
「きれいですけど、私たち向きではないですよね」とミヤコさん
ごもっとも、大人な意見
同じテーブルの若いコがうっとりした目で眺めているのを横に
牛フィレステーキをモグモグ
お味は?
ゆっくり噛んで軽く頷いて
うん、まずまずみたいだ
「年配の方でも食べやすい味でしたね。今日のコースで問題ないと思います。
私としては鏡開きは是非やりたいです」
えっ、やるの?
と思ったけれど遅刻した手前、いやとは言えず
「わかりました。ポンと軽く蓋を叩いてすぐ顔をお客様に向ける、でしたね」
「そうそう。では、衣装合わせに行きましょうか」
良かった、機嫌直ってるみたいだ
キャンドルサービスはノーだが鏡開きはイエス
ミヤコゴコロ、わかってきたつもりだけどまだまだだなあ

お次は衣装合わせ
係の人にトコトコついて小部屋に入り袴を試着
「はい、結構です。次はタキシードをお持ちします」
タキシードは3種類
「この中のどれかお好きな色をお選び下さい」
「じゃあ、このグレーのを」
「はい、タキシードもＯＫです。お疲れ様でした」
この間10分未満
こんな簡単でいいの？　ま、楽でいいけど
係の女性はもうぼくに背を向けてさっさと片づけをしている

戻ってみると衣装室は修羅場
ここは着物のストックがすごいとは聞いていたが……
何十もある引き出しから
赤、白、黒、紫
花、山、水、鳥
あらゆる色と柄の着物が次々に広げられ
延々と議論が紡がれておりますです

「こんなのも華やかさの中に品があってよろしいのではないでしょうか」
「良いですが、もっと絵が大きく描かれたものはありませんか？」
ぼくの衣装合わせとは
大、大、大違い
隣の椅子にはぼくより20歳は下と思われるジーンズ姿の男性が座っている
スマホいじくっては、時折顔を上げ、彼女さんの方を気にしている
いやあ君、親近感沸きますねえ
男はホント、結婚式という場では添えモノなんだな
「ねえ、これはどうかな？」
ウェディングドレスを着た若い女性が飛び込んできた
顔がちょっと強張っている
「ああ、いいんじゃないかなー」
男が半腰あげて答えると
反応が鈍い、と思ったのか女性は無言で試着室に駆け戻り、男はため息
かわいそうに、彼女、半パニック状態だ
そこへ行くとミヤコさんは歳の甲もあってか落ち着いてる
パートナーとしては気が楽だ
いやいや、甘い
ミヤコさんがモノ選びを始めたら……

式場選び、指輪選びを思い出せよ

ファミちゃんレドちゃんも身につけるものには強い拘りがある
ファミちゃんレドちゃんは生まれてこの方一張羅
その一張羅を
それはそれは大切にしてる
気がつけば舐め舐め
気がつけば舐め舐め
首をくるっと回したかと思うと
にゅにゅっーってまあるく体を撓ませて
お腹も足の爪先も
おっと、背中だってきれいにしちゃう
日当たり良い場所を取るためのホンキの喧嘩の最中にだって
突然、雷に打たれたかのごとく静かになり
そのまま一心不乱の舐め舐めタイムに入ったりするくらいだから
2匹はいつもピッカピカ
メス猫ファミは3色の服
オス猫レドは白い（しっぽの先は黒い）服
気がつけば舐め舐め

気がつけば舐め舐め
生きている一張羅はいつも新しく
内側に流れる血と外側に流れる光の熱い交わりを
表情豊かに物語る
対して、ミヤコさんは
ファミちゃんレドちゃんに及ばずとも肉薄せんとして
咲き乱れる着物に対し
ああでもないこうでもない
こうでもないしああでもない
落ち着いた物腰の下には自分にとって最高の1枚を選ぼうという決意が
ギラ、ギラ、ギラ、ギラ

「ではこの3枚の中から選ばせていただきます」
ここまで来るのに1時間半
ふぅーっ、長い道のりでしたがようやく解放されるようです
「Aさんはどれが良いと思いますか？　個人的な印象で結構です」
指名を受けた中年の係員の女性
「そうですね。私はこの紅の着物がお似合いではないかと思います。
牡丹の花の刺繍が鮮やかで、きっとお式で映えますよ」

「カズトさんは？」
「え、そうだなあ」
桜の柄の奴がかわいいんじゃないかとチラと思ったけど、ここは専門家に合わせて
「ぼくも牡丹の着物が良いと思います。めでたい感じがするし」
するとすると
「なるほど。ご意見ありがとうございました。
私ですが、こちらの黒い着物が気に入りました。
翼を広げた鶴のきりっとした佇まいが好きです。
こちらに決めさせていただきます」
2票も入ったのにてんで無視
さすがミヤコさん
係の女性は一瞬驚いたような表情を見せたがすぐ笑顔になって
「良いものをお選びいただきましたね。
それでは着つけのリハーサルのスケジュールを相談させて下さい」
どうやらこれから何度も通うことになるらしい
ああ、男性と何と違うことか
「よろしくお願い致します」と頭を下げるミヤコさんの顔に
ようやく微笑みがほっこり咲いた

ファミちゃん、レドちゃん
人間の女の人は大変だろ？
血肉と一体となる1枚を求めて
それはそれは苦労するんだ
天から「この1枚」を与えられた君たちとは違う
でもその苦労こそが生きている楽しみそのものなのであって
全ては生身の上で起こる
君たちとおんなじだ
黒々した静寂の生地に
鶴がきりっと舞い降り
松の葉のそよぎが受け止める
きりっ
きりっと
その全ては
生身の上で起こるんだね

どっしり

どっしり
どっしり
したりね
しなかったりね

いつのまにか
お正月
実家でまったり迎える独身最後のお正月
丁度去年の今頃家族に婚活宣言したんだっけ
「おい自分、正気か?」
「おい自分、ヘンな夢でも見てんのか?」
それがまあ
3カ月後には式を控えてるってさ

宣言通りに行動したらヘンな夢を正気で実現させることになっちゃった
おい、ファミちゃん、レドちゃん
お前たちが生まれ故郷の祐天寺で過ごすお正月がもう2度と来ないように
ぼくのまったり独身の正月も2度と来ない
それでいいのさ
あけましてーっ、おめ！

昨日のお昼はミヤコさんのご実家に新年のご挨拶
ミヤコさんにご両親、弟さん、そして親戚の方々
駅伝を見ながら和やかにおせちを囲みましたよ
お義母さんの料理、どれもウチの母が作ったものよりおいしい
高校生のユウタ君には
「ラグビー部の仲間と初日の出見に行ったんだって？　青春だねえ」
中学生のマイちゃんには
「吹奏楽部でコントラバスやってるんだって？　いつかジャズもやるといいよ」
若いモンに余裕で話しかけたりして
和気藹藹の場に溶け込んでるぼくがいるのさ
あんなにつきあい嫌いだったのに
ユウタ君もマイちゃんもかわいい

親戚の方々、最高じゃん
やっぱり横に
どっしり
ミヤコさんがいてくれるからだ
にこやかに、どっしり
細身なのに、どっしり
既に花嫁さんの貫録十分って感じだ

実家に帰ってまっすぐファミちゃん、レドちゃんのもとへ
最初はちょっとよそよそしい素振りだったけど
スキンシップを取るとやっぱり違うね
レドはしっぽの付け根を撫でてやると
お尻をきゅーっと持ち上げて、お腹ごろっ
ファミの方は頭の上まで抱え上げてそのまま家の中を一周してやると
見慣れぬ高所からの光景キョロキョロでおヒゲをピン
でもって真夜中
ぼくが寝てる2階の部屋まで遊びに来てくれましたよ
半開きのドアを鼻ですうっと押す
真っ暗な中に目だけ光らせる

ジグザグに近づいてくる4つの光
頬っぺたに柔らかい暖かなものがぞわぞわっ
ぼくがいると夜遊びスイッチが入るのか
明日はミヤコさんに紹介するからな

12時半に伊勢原駅で待ち合わせ
八幡様で結婚式の成功を祈願し畑の脇の細道を通って
はい、ミヤコさんのお着きです
妹夫婦と甥っこは初対面
初めましてと新年の挨拶を交換して
さあさあ食卓へ
ここでもミヤコさん
どっしり
甥っ子に学生生活について細かく聞いたり
アキラさんにマメにビールをついだり
どっしり
あのー、ぼくの影が薄いんですけど
もしやここは、ミヤコさんの実家なんじゃないだろうか?

そんなこんなで宴たけなわの折
冷蔵庫の上に陣取って
この様子を遠望していたもう一方の主人公がご登場
大好きなお刺身の匂い
まあ、今日はおめでたい日だもんね
マグロの赤身をひと切れずつもらい
くちゃくちゃ満足そうに噛む2匹
先に食べ終わったレドはファミの口元のマグロを狙い
ウーッと怒られてしょんぼり
母の側に行って高い声でお代わりをねだる
その様子はかわいいんだけど
ミヤコさんが頭を撫でようとしたら
瞬時に背中をくねらせて避けた
すばしこいファミはミヤコさんが近寄るだけでサーッと逃げる
場にどっしり馴染んでるミヤコさんでも
猫の目から見ると
馴染んでない
どっしりしてない
してないよ

ってことらしいよ、どうする？　ミヤコさん

ミヤコさんにはこの機会に猫たちと少しでも親しくなって欲しい
そう思って実験を提案してみました
レドちゃんを母に抱っこしてもらい
「じゃあ、あげてみますね」
ミヤコさんがマグロの肉片を口元に近付ける
レドはみるみる苦悩の表情を浮かべ始めた
鼻をヒクヒクさせてマグロの匂いを嗅ぐ
それからマグロから目を離しミヤコさんの顔をじぃーっと見上げる
何だコイツ、じぃーっ
うーん、どうしよう
ヒクヒク、じぃーっ、ヒクヒク、じぃーっ
やがてレドちゃん、暴れて母の腕を振り払い
お気に入りの冷蔵庫の上に駆け昇りました、とさ
レド、お前あんなにマグロが好きなのに
ファミの口元から奪おうとする程好きなのに
それでもミヤコさんの手からもらうのは嫌か
レドから見て

冷蔵庫はどっしりしてる
両親はどっしりしてる
ぼくもまあ、どっしりしてる
でもでも
人間界ではどっしりしてるミヤコさんはファミレド界ではどっしりしてない
どっしりしてない奴から食べ物をもらうのは
人見知り猫のプライドが許さない
どっしりは
接触の堆積が作ってくってことなんだなあ
「レドちゃん、やっぱりまだ私からはもらいたくないんですねー」
苦笑いするミヤコさん

だがファミよ、レドよ
ぼくらは最初文字と文字の接触だったものを
声と声の接触に変貌させたんだぞ
生身の手と手の接触に育て上げて
実家への細道を一緒に歩くところまで辿り着いたんだぞ
「あ、ここから富士山見える。きれい」
婚約の期間って短いけど

手と手を接触させると
晴れの日の富士山みたいに眩しかったりするんだぞ
ファミちゃん、レドちゃん
ミヤコさん、もうお帰りだけど
ぼくら2人がここに顔出す機会は増えていくだろうからね
ミヤコさんのどっしりと君たちのどっしりを
うまく積み重ねれば
どっしりどっしり
どっしりどっしり
きっと安心してマグロを食べられるようになるよ

冷たい肌の仲間たち

たっだい、まぁー
（おっかえ、りー）
たっだい、まぁー
（おっかえ、りー）

いっぱいいっぱい
詰めて
いっぱいいっぱい
いなくなってしまった
新古書店から帰って
空っぽになったバッグを放り出して
ふゅるるるん
ぱっ

迎えてくれるのは
いつもの
直立している君たち
肌が冷たい君たちだ

天上近くまでぐらぐら積まれた本
横倒しになったCD
「晴明神社」のステッカーが貼られた箪笥
小学生の時から使っている傷だらけの学習机
冷やっこくて
気持ちいいな
湯気の立つコーヒーカップを手にして
閉めっぱなしのカーテンをちょっと開くと
アパートの庭のミカンの木の枝で遊ぶスズメたち
湯気が冷気の中にひゅるひゅる溶けていって
ひゅっ
消えた
ほら、見てよ
スズメたち

あんなに楽しげに飛び回っているのに
凍ってる
静止してる
熱は、どんな熱でも
ひゅっ
空中に消えてしまうのさ

さあて、のんびりしてる暇はない
あとひと月半でお引っ越し
武蔵小金井の2LDKにお引っ越し
「要る君」は、君かな?
「要らない君」は、君かな?
「売る君」は、君かな?
「業者に引き取ってもらう君」は、君かな?
段ボールとポリ袋がバカでかい口を開けて
君たちを次々飲み込んでいくんだよ
思い入れのある君たちをポイ
思い入れのない君たちもポイ
部屋がだんだん初めて訪れた時の姿に近づいてくる

祐天寺のモルタル木造アパート102号室
ここに住んで20年
入居したての頃はそれなりにきれいだったけど
さすがに安普請を隠せない
壁はところどころ変色してるし
天上から吊るされた裸電球のスイッチ紐なんか今にも切れそうだよ
もともと3年も住んだらサヨナラのつもりだった
それでもここを離れなかったのは
肌の冷たい君たち
君たちが増殖しすぎたからさ

増殖しすぎた君たち
引っ越しが頭に掠めるたびに
冷たい肌をぴたっと押しつけてきて
ぼくを支配しようとしてきた
ふゅるるるん
ふゅるるるん
あはっ
ぼくはすっかり支配されてしまったよ

君たちの隙間でご飯を食べたよ
君たちの隙間で歯磨きをしたよ
君たちの隙間で着替えをしたよ
本の山とCDの山と脱ぎ捨てた服の山の隙間で
20年も眠ったよ
この部屋の主人はぼくじゃなかった
部屋の主人は君たちだった
ぼくは君たちの影みたいだった
ぼくは君たちにつき従って
隙間から隙間へ
ふゅるるるん
移動していただけだったよ
20代から40代へ
大好きな濃いコーヒーを浴びるように飲み
バッチリ醒めた目で
窓の外のミカンの木を凝視しながら
ふゅるるるん
ふゅるるるん
眠り続けたよ

たっだい、まぁー
（おっかえ、りー）

君たちの冷たい肌に巻かれると
安心する
眠くなる
午前０時に借りた「カリガリ博士」のＤＶＤを
コーヒー何杯も飲みながらギンギンに醒めた目で見て
午前２時
チェーザレと一緒に冷たい肌に巻かれて眠りにつく
といって実は映像に見入っている間も
ふゅるるるん
ふゅるるるん
眠り続けていたよ
時計の針は動き続けていたのに
時間は止まったままだったよ

ぶっちゃけ

孤独な死っていうものをさ
どう受け入れよう、なんて考えてたんだよね
明るい日差しがカーテンから零れる爽やかな朝
君たちに埋まって、というより
君たちの隙間を埋める格好で
止まったきりになったぼくがいる
出勤したり車が走ったりする賑やかな外の音の波に
止まったきりのぼくが洗われてる
発見されるのは何日後か
その時、目は開いているか閉じているか
あ、別に長生きしたくないわけじゃないよ
老後に備えてしっかり貯金もしてたしね
ただ、ぼくは君たちと死ぬまで一緒にいる気でいたのさ
痺れるような眠りの快感から離れられない
これでいい
これでいいんだよ
寂しくないんだよ
肌の冷たい君たち
君たちに見守られ、看取られるなら

本望なんだよ
……だったんだよ？

それがまあ
突如としてノラ猫の一群が現われたじゃないか
あのミカンの木をツツーッと登って
隣の家の屋根に
ひょいっ
飛び乗ったりするじゃないか
肌の冷たい君たち
君たちに看取られて息を引き取るっていうプランがさ
狂い始めちゃった
君たちの冷たい肌の感触が
少しずつ、ほんの少しずつ薄れていったのはその頃からだ
あったかいってのもそう悪くはないかな
ま、そんな風にね

残業終えて21時過ぎ
くたくたに疲れてアパートに至る細い道に入る、と

光りに光る
目、目、目
ファミ、レド、ソラ
大家さんの家の屋根の上でずーーっと待ち構えていたんだ
ぼくを見分けたぞ
降りてくる
屋根から地面へ
ひょいっ、ひょいっ、ひょいっ
あっというまにぼくの足首にまとわりついてきた
鼻、ひくひく
テリトリーの外でぼくがやってきたことを嗅ぎ取ってやがる
待たせてごめんね、よしよし、お家に入ろうか
ドアを開けるとぼくより先にアパートの中に駆け込む
ひょいっ、ひょいっ、ひょいっ
ご飯だよ
キャットフードを皿に盛ると
カリッ、カリッ、カリッ
小気味良い音が響く
やがて皿から口を放したファミ

みゃーぁとぼくを見据える
よしきた
抱っこの時間だ
脇に手を入れると毛むくじゃらの両足がだらーっと開く
何でこんなに無防備なんだ
ドキドキドキドキドキドキ
何でこんなに鼓動が速いんだ
顎の下をさすってやると
目をつむって急所をぴーんと伸ばす
レドとソラは後ろ足で首を掻きながら順番待ち
熱くてびょーんと伸び縮みする体、体、体
これが
生身
瞳は、細くなったり丸くなったり、忙しい
鼻も、ひくひく周囲を探って、忙しい
一瞬たりとも静かになることのない生身が
屋根からするする降りて力いっぱいぶつかってきた
こうして
肌の冷たい君たち

君たちの支配は少しずつ突き崩されていった
ってことだね

「もしもし、引っ越しの準備進んでますか？」
「うん、進んでるよ。お互い荷物多いし頑張ろうね」
猫たちがいなくなって
ガバッと起きた
ガバッとだ
そしたら
ミヤコさんが降りてきた
ミヤコさんの手はあったかい
お尻もあったかい
息もあったかい
欲張りな意志もあったかい
どっこいしょ
また一つ「不要」の山を作ることができた
今度は業者に引き取りに来てもらうことにするか
肌の冷たい君たち
君たちとの縁が薄くなっていくのは寂しいよ

冷たい肌に巻かれて眠る、これも一つの
安心の形だったから

たっだい、まぁー
（おっかえ、りー）

当たり前だった会話もできなくなる
あったかい肌と作り出すあったかい時間の始まりは
不安の始まりでもあるんだね
ミヤコさん
不安を踏み台に
ぼく頑張ります
ノラ猫たちが刻んでくれた生身の感触が
ミヤコさんと出会ってどんどん育って
ふゅるるるん
ふゅるるるん
ぱっ
今びゅーびゅー時間が動いてるんです

淡々とじゃなく、タン、タン、タン

タン、タン、タン
タン、タン
と
来ちゃいました
お引っ越しの日
淡々と
起きてセンベイ布団をそのまま粗大ゴミに出し部屋に戻ったら
冷たい朝日が
畳の目のささくれを浮かび上がらせてる
見慣れたこいつがもうすぐ永遠に見られなくなるなんて
まだ目の前にある
まだ触れられる
座って指の先っちょでちょいちょい突く

ささ、くれ、ささ、くれ
歌ってるよ
ふふっ、お茶目な奴
知ってる？
君が今、急速に
懐かしくなりつつあるんだってこと
懐かしいよ、懐かしいよ君、ちょん、ちょん
タン、タン

タン、タン、タン
ヤマト運輸のにいちゃんたち、手際いいなあ
ぼくの「仲間たち」だったものは
運ばれていくしかない
淡々と
トラックが出発
ご近所さんに挨拶した後
からっぽの部屋に最後の挨拶だ
薄手の壁と裸電球とちっちゃなキッチン
のっぺりした四角い空間

20年前、初めて来た時の姿のまま
眩しい
閉め切ってばかりいたけど
カーテンはずすとこんなに陽射しが入ってくるんだなあ
「お世話になりましたっ」
ぺこり
タン、タン

タン、タン、タン
そこへ、だっさいTシャツ&ジーンズ姿の20代のぼくが
陽に透けながらつーっと滑り込んでくる
腕組みして周りを眺め、ポンと手を打つと
「いいんじゃない？　よし、ここに決めた」と呟いた
ほう、これが始まりのシーンか
どうせ聞こえないだろうと思って
「この部屋探してくれてありがとう」と小声で礼を言うと
くるっと振り向き
どうしよう、目、合っちゃった！
「どう致しましてっ」

皺のない顔をにっこりさせ
だっさいシャツを翻して昼の光線の中に溶けていった
ありがとう
ありがとう
20年前のぼく
タン、タン

タン、タン、タン
も、いいでしょ
さ、息を整えて
鍵、閉めようぜ
最後の、最後、せーの！
タン、タン

タン、タン、タン
「お疲れーっ、待ってたよーっ」
笑顔で迎えてくれるミヤコさん
２週間前に引っ越し終わってるミヤコさんは余裕の表情
武蔵小金井の２ＬＤＫ、ダンボールが記入された数字の通りに

運び込まれていきますぞ
これはキッチン、これは居間、これは書斎
淡々と
区別されて運ばれていきますぞ
床を傷つけないように丁寧にシートを敷きながら作業していくんじゃなー
ぼくは缶コーヒー飲みながら時折質問に答えるだけでいいんじゃなー
20年前の引っ越しの時とは大違いじゃなー
ありゃま、もう作業終了ですか
タン、タン

タン、タン、タン
新居のフローリングは清潔そのもの
初めまして、ピカピカだね、床さん
ん？　返事がない
恥しがってるのかな？
キッチンさんもそっぽ向いたっきり
ま、会ったばかりだからしょーがないかな
2階の窓からは桜がたくさん植わった庭が見渡せて春が楽しみ
衣類や生活用品の整理は3時間弱で終わった

お次は本とＣＤ、これはすぐには無理か
む、見てよ、これ
ダンボールから取り出された彼らの表情を
何て穏やかなんだ
まるで仏様みたいだ
きらーっきらーっきらーっ
冷たい肌の妖気はどこにも、ない
本は紙に、ＣＤは金属に
きらーっきらーっきらーっ
うん、安らかな顔
君たちにはいつも抱きしめられてたから
今度は、棚に納める前に抱きしめてやるか
むむ、ミヤコさんが呼ぶ声がするぞ
ご飯できたって
それじゃ、これからも
淡々と、じゃなく
大事にするからね
タン、タン

タン、タン、タン
ミヤコさんが作ってくれたシチューを食べた
この家でとる最初の食事はあったかかった
食後に飲んだお茶はあったかかった
それからお風呂に入った
掬ったお湯がきらきらして
あったかかった
湯気の中から
閉める寸前の祐天寺のがら－んとした部屋の光景が
ふゅるるるんって立ち昇ってきて
おいって腕伸ばして立ち上がりかけたら
ゆらっと笑ってまた湯気の中に
あったかく消えた
それからそれから
お風呂からあがって髪を乾かし始めたミヤコさんの肩が
右肩も左肩も
しっとりとあったかかった
何とまあ
ジャージに着替えたぼくの

首も胸も腕も
めっちゃあったかかったよ
タン、タン

タン、タン、タン
明日は市役所で入籍の手続き
つまり、ここで過ごす初日となる今夜は
違う姓の２人としての
最後の夜ってことさ
タン、タン

タン、タン、タン
暖房ちょっと強めにして
タン、タン、タン
名前を呼ぶと
タン、タン
呼び返してくる
タン、タン、タン
握ると

タン、タン
握り返してくる
タン、タン、タン
丸みを帯びた息が
タン、タン
こんなに近くで波打ってる
タン、タン、タン
見ててよ
20年後のぼく、シワッとした額を引き締めてさ
タン、タン
ぼくたち、今、波打ってるんだ
タン、タン、タン
よしよし
タン、タン
よしよし
タン、タン、タン
思えばファミやレドや、どこかへいなくなってしまったソラは
かわいがって欲しい時
よくしっぽをぴーんと立てながらスリスリしてきたものだけど

タン、タン
ぼくたちも同じだね
タン、タン、タン
ファミちゃんもレドちゃんもソラちゃんもぼくたちも
タン、タン
あったかさが溢れて弾んで飛び跳ねるのは
タン、タン、タン
触れ合うってことがあってこそ
タン、タン

ミヤコズ・ルール

コウセンッ
コウッセンッ
お、お前、光線君
斜めから、ひたひたと
オハッ
オハッ
「おはようございます」
「おはようございます」
6時半に目覚ましが鳴って
カーテンの隙間から
朝の光線が斜めから入って
にっこり朝のご挨拶
すんなりご挨拶

ゆったりご挨拶
ところがっ

一緒に住み始めて３日
何これ？　暮らしのカタチって奴？
ムニュニュッと膨れ上がったかと思うといきなりガチッと固まりつつありまして

朝起きるとミヤコさんカカカッとお風呂場に直行
足湯ですと
足あっためると意識がはっきりして活動的になるんですと
そんな時間あったら１秒でも寝ていたい
なんて思いながら
はい、ぼくはその間朝食の準備です
パン焼いて紅茶いれてフルーツ盛るだけだけど
今まで朝食なんて旅行の時しか食べなかったもんなあ
自分でテーブルに並べたジャムとバターが眩しい
うっひゃー、やめてよ、光線君
そんなにひたひたしないで
あ、ミヤコさんあがってきました

血色良くなってお目々も開いてきました
いただきまーす
トーストひと口かじって、おっ、黒田さん日銀総裁か?
「カズトさん、食べてる時テレビの方ばっかり見るの禁止ね。
パンの粉、ポロポロ床に落としてますよ。ちゃんと後で床掃いて水拭きして下さいね。
この部屋はきれいに使いたいんだから」
ショボーン
光線君、怒られちゃったよ
光線君はぼくのショボーンをうすーく表面に映しながら
キッチンの辺りをとぐろを巻くように旋回している

食事の後はお風呂の掃除
「平日は簡単でいいですからね。髪の毛はティッシュで掬い取って」
任して任して
力を込めてタイルごしごし
こういうのは結構得意なんだよ
恥しながら1人の時は週1、2回しか風呂掃除しなかったけどな
光線君、温風に吹かれながら
ひたひたーひたひたーと応援してくれている

嬉しいね
壁もきれい、浴槽もきれい
排水口に絡まった髪の毛も丁寧に取り除きますぞよ
やっぱ女の人の髪の毛って長いよなあ
でもって、お湯に触れるとしなしなっと身をよじって
ちょっと色っぽいよなあ
不意にミヤコさん現る
「排水口はこのブラシを使って奥の方まで念入りに掃除してくれますか?
汚れが溜まったらイヤなので」
あーそうか、失礼しました
光線君、カンペキだと思ったんだけどなあ
降りてきた光線君、あぶくをちょいちょい突いてる

「おかえりなさい。ご飯もうすぐですよ」
エプロン姿
笑顔がきらっと揺れて
あり得ない
あり得ない
手を洗ってうがいして

今までのぼくの生活からしたらあり得ない
でもそのエプロンの下にはしっかり２本の足が生えててさ
忙しく動き回ってる
あり得ないことがあり得ているんだね
テーブルの上であり得ているのは
ブリ大根にほうれん草の胡麻和え、ひじきと油揚げの煮物、シジミの味噌汁
いいね、いいね
あっさり和食のおかずは大好物なんだ
おっとっと、まだいたのか、光線君
光線君は目玉を浮き出させて興味深そうにおかずを眺めている
朝生まれなのにこんな時間までつきあってくれるなんて嬉しいよ
何？　まだ、心配だって？
大丈夫だってー
さて、テーブルにつくと
ん、おかしいな
明るすぎる
重量感がなさすぎる
お箸でつまもうとすると
スーッと透けて突き抜けてしまいそう

なのにあら不思議
大根は湯気を立てたままちゃんと2本のお箸の間に挟まってるじゃないか
つまりだな、光線君が心配してるのは
「帰宅するとご飯が用意されてる」というあり得ない現実が実現しちゃってだな
その現実のひとコマにぼくがちゃんと収まりきるのか
つまりそういうことだな?
ちょっちょっちょっ、ミヤコさんぼくに話しかけてきてるぞ
「カズトさん、またソワソワしてる。
ご飯の時は食べることに集中しないとまた食べ物落としちゃいますよ」
はい、ごもっとも

ご飯の後はお片付け
大丈夫、食べ終わった器はぼくが洗います
学生時代に皿洗いのバイトやったことあるからな
ちょちょいのちょい
鼻歌まじりでどんどん洗っちゃいます
でも、フライパン洗っていたら
「カズトさん、まずキッチンペーパーで油を拭き取ってから洗って下さいね」
でもって鍋を洗っていたら

「カズトさん、それはゴシゴシ洗うと表面がハゲちゃいますから、
この黄色いスポンジの柔らかい方の面を使って丁寧に洗って下さい」
魚を包んでいたラップを「燃えないゴミ」のゴミ箱にポイしたら
「カズトさん、それは『燃えるゴミ』。
『燃えないゴミ』の回収は週1回だけでしょ。臭いが残っちゃうじゃないですか」
ミヤコさん、他の家事をやりながら
時々巡回してきては
ぼくの仕事ぶりを検査しに来るんだよ
わぁーん、光線君
疲れたよぉ
光線君は気の毒そうにひたひた、ひたひた
ぼくの額を優しく撫でてくれる
ありがと、もうちょい頑張るか

食器を洗い終わったら今度は洗濯
これは自動でやってくれるから気が楽だ
洗剤の量を計っていると、血相変えてミヤコさん
「ちょっとカズトさん、何やってるんですか?
今日は『乾燥しない日』ですよ。

私の洋服、『乾燥する』モードで洗濯したら熱でみんな痛んじゃうじゃないですか。
危ないところでしたよ。もおぅー」
もおぅー、しゅーん、だよ
しゅーん、しゅーん
光線君も困り顔
お手上げだねー
いくら、用心しても用心しても
いくら、ひたひた、ひたひた、しても
ズカズカズカッ、ズカズカズカッ
近づいてきては
しゅーん、しゅーん
光線君、も、いいよ
超遅くまでおつきあいいただき、本当にありがとう
後は自力で何とかするさ

ベッドの中で5分間のお喋り
「いやぁ、女の人ってのは家の中のことに関してはしっかりしてるもんだね」
「私は細かい方かもしれませんけど、男の人は概しておおざっぱですよね」
「ぼくも頑張ってるつもりだけど。失敗多くてごめんね」

「うふふっ、カズトさん、頑張ってると思いますよ」
「でも、悔しいなあ。今度から家のルールはぼくが決めるとか」
「そんなのダメに決まってるでしょ？　わかってるでしょ？」
「やっぱり家のことは奥さんが仕切るのがいいのかな？」
「そうだよ」
「やっぱり奥さんの言うことは多少異論があっても従わなきゃいけないのかな？」
「そうだよ」
「ミヤコさん、随分〝オレ様〟だなあ」
「男の人は、小さい時はお母さんの言うことを聞いて、
結婚したら奥さんの言うことを聞いて、
年を取ったら娘の言うことを聞く、それが一番なんです。さ、もう寝ましょ」
なるほどねえ
ミヤコズ・ルール
女に支配される世界
そこでぼくは残りの全人生を過ごすんだ
それでも「支配される」のは「支配する」よりずっといいよなあ

灯りを消したら
光線君の残像がうっすら闇に浮かび上がった

コウセンッ
コウッセンッ
明日も助けてね
ぼくが君のことをまだ覚えていたら、のことだけどさ
ぼくが君を出現させてあげられたら、のことだけどさ
支配をかい潜って生き抜く道を探るために
斜めから、ひたひたと
オハッ
オハッ

人がいるから

晴天なりぃ
晴天なりぃ

ピピッ
予定すれば当日がやってくる
やってくる、やってくる
やってきた
ピピピッ
アラームに起こされるまでもなく
5時
「おはようございます。結婚式当日ですね。さ、気合い入れて頑張りましょう」
見よ、光線君の輝き
「オハーッ、オハーッ」

真っ赤に熱した手足を働き者の水車のようにぐんぐん回転させている
もともと朝生まれの光線君、さすがだ
ファミちゃん、レドちゃん、頑張ってくるからね
気合い入れてカーテン開けて
気合い入れてトースト食べるぞ
ミヤコさんも気合い入れて足湯にＧＯ！

晴天なりぃ
晴天なりぃ
神田明神に着いてまずはお参り
ここは平将門が祀られているんだっけな
将門様、本日はどうぞよろしくお願い致します
２人並んで手を合わせる
すると、シュホッ
浮かび上がった将門様の首
あーりゃりゃ、随分とデカいねえ
ほっこりほっこり微笑んでる
昔罪びと扱いされたことはすっかり忘れちゃってるんだねえ
光線君も口をしっかり結んでひたっーと体を折り曲げておじぎ

「晴れて良かったですね。将門様も私たちを応援してくれたんですね」

御首に気づきもしないミヤコさん、屈託ない笑顔だ

晴天なりぃ
晴天なりぃ
打ち合わせを終え、さてお着替え
更衣室に入ると羽織袴がデーン
うっへぇ、これ着るのか
ファミちゃん、レドちゃんなら必死で抵抗するだろう
引っかかりのいい素材だし爪とぎしちゃうかも
係の人に手伝ってもらって3分で変身終了
「お似合いですよ」と言われて鏡を見ると
えーっ、これぼっくぅ？
これから仮装大会でも行くんですか？
我慢我慢、これが「式」って奴なんだ
髪の乱れを直そうと櫛の在処を聞いたら
係の人は袂からぽいと取り出してそそくさと出て行ってしまう
やっぱ結婚式に男は添えモノなんだな
「ソエモノー、ソエモノー」

お目々ぐりぐりの光線君が長い帯の形状で頭上をくるくる回りながら連呼
上等さ
添えモノとしての役目、果たしてやろうじゃないの

晴天なりぃ
晴天なりぃ
お呼びがかかり新婦の控室へ
そこには黒引き振袖姿のミヤコさんが！
カコワァーン、カコワァーン
鳴いている
黒々した生地の中、翼を広げた鶴が高い声で鳴いている
和モダン風にアレンジした日本髪の真っ白な花飾りが
唇の紅と眩しく衝突
伏し目がちだが「見てよ」と言わんばかりの強い強い表情だ
主役としての自覚ある生身のど迫力
「私、どうですか？」
「ああ、すごくきれいだよ。おめでとうございます」
おめでとうは変だけど思わず言っちゃった
あれ、光線君

雑巾みたいな大きさに縮んで空中で固まってる
目はバッテン印
華に打たれたかな
おいおい、ぼくも固まってるじゃないか
しっかりしろ

晴天なりぃ
晴天なりぃ
親族紹介の後は参道を行進ですって
雅楽の生演奏つきですって
巫子さんの先導つきですって
うわっ、もうスタート
前方でカメラを構えてる男性は海外からの観光客かな
神前式の結婚式が珍しいんだろう
パチパチ何枚も撮ってる
旅の思い出のひとコマとしてブログにでもアップするんだろうか
なるようになれ！
ミヤコさんはまっすぐ背筋伸ばして凛として歩いてる
着物の長い裾をモノともしない着実な歩きっぷりだ

見習わなくちゃな
慌てないで一歩ずつ
「オハッ、オハッ」
落着きを取り戻した光線君がすぃーっすぃーっと泳いできて
黒目をぐりぐり動かして鼓舞してくれる
ぽかぽかした陽気で気持ちいいじゃあないの
もうすぐ桜の季節なんだなあ
へへ、ちょっと余裕が出てきちゃったりして

晴天なりぃ
晴天なりぃ
神殿に入りました
花嫁さんと向かい合って座りました
親族も皆着席しました
式の本番中の本番がここから始まる
しぃーん
再び緊張
ファミちゃん、レドちゃん、よろしくね、と
困った時のファミレド頼み

しゅわしゅっ、しゅわしゅっ
神主さんが御幣を振りかざす音が聞こえてきた
空気を裂く音が耳に突き刺さって鼓膜と心臓が
びくっびくっ
何だこの雰囲気
いつだったかの説明会の時とは大違い
祝詞を唱え始めた
言ってることはちんぷんかんぷんだけどその抑揚の帯が
ぐねぐねぐねぐね
波打っては裏返る
裏返ってはもんどり打つ
神主さんは神殿の方を向いてるからどんな表情なのかわからないけど
何だか怖い
ぴひょーっ
笛の音が聞こえて巫女舞が始まった
長い髪を後で結び
白い衣装、赤い袴の２人の少女が
榊を持って空中に半円、逆方向にまた半円
そろりそろりとした２人の動きは気味が悪い程ぴったりだ

おい、光線君、どうしてる？　と呼んでみたけど
反応がない
光線君は天井の隅っこに張り付いてしまって出てこない
巫女さんたちがこちらを向いた
無表情な顔には少女らしい闊達さの欠片も見られない
まるでお面以上にお面のような
ああ、この人たち
神様に呼びかけてるとかそんなもんじゃない
生身をぐいっと差し出して
生身をガバッと投げ出して
ああ、なるほど
人がいるから神様が降りるんだ
生身がそこにあるから神様が現われるんだ
シャンシャンシャン
巫女さんたちが鈴を振り終わり
下げていた頭を恐る恐る上げると
ようやく少し空気が緩んできた
ミヤコさんもほっとしたような顔をしているよ
結婚式ってのはおめでたい行事であるより前に

まずお祓いの行事なんだろう
そのために真っ黒い災いをわざわざ予期して
生身に神様を宿らせて
エイヤッ
災いを祓ってみせる
と勝手に考えて
ねえ、そうだろ？　と同意を求めると
「ソーカモー、ソーカモー」
やっとタオルくらいの大きさで伸び縮みできるようになった光線君
天井に張り付いたまま小さな声で返事してくれた

晴天なりぃ
晴天なりぃ
神殿に外のぽかぽかした空気が流れ込んでくる
次はお決まりの三三九度の盃ですよ
ちょいちょいちょい
急須みたいな奴を上げ下げしながら注ぐ
注ぐたびにちっちゃな神様が現われては
盃の中に溶ける

注いでくれる巫女さんの表情、さっきに比べると随分柔らかだね
新婦と交互に神様入りのお酒を飲み干して
少し気分良くなってきちゃったかな
ミヤコさんの頬っぺにもちょこっと紅が差している
お次は指輪の交換
キリスト教の習慣を借りるのに躊躇しない柔軟性がいいね
神職の方が三方に乗せて指輪を運んでくる
ミヤコさんの関節ガッチリ気味の薬指にすんなり指輪を嵌められてひと安心
お次は誓いの詞の奉読
ここまでの儀はみんな男性であるぼくが先に行うことになってってね
神社のしきたりって随分男尊女卑なんだなあと思ってた
奉読も男性が行うことが多いらしいけど
ぼくたちは声を合わせて一緒に読むことにしたんだよ
光線君、ここが役目とばかり飛んできた
タオルくらいだった体をバスタオル2枚合わせたくらいに広げて
真っ赤になって神殿の中をびゅーびゅー旋回
「今日の善き日、私たちは神田神社の御神前に於いて、
夫婦の契りを固く結ぶことができました」
はーあ、うまくいった

ありがとう、光線君
お次は結び石の儀
こいつは神田明神独特の風習でね
石に新郎新婦の名前を書いて奉納するのさ
筆ペン持って、赤く「寿」と書かれた字の下
うう、平たい石とはいえ意外と書きづらい
ちょっとトホホな字になっちゃったけどまあしょうがないか
書き終わった石を神職に返す時
ぼくのトホホな「辻」の字に沿って
たまげた
ピカッと神様光る
親族盃の後、再び雅楽の演奏
さあ、最後の関門、玉串拝礼ですよ
神前に供える時、玉串の向きを逆にするのがちょっとしたプレッシャーなのさ
光線君、ぼくがしくじらないかどうかお目々をまん丸黒目にして見守ってる
ふぃーいーふぃと高らかに鳴る笙の音に合わせてそろりそろり歩き
ミヤコさんと軽く顔を見合わせて
うんっしょ
やったあ、ちゃんと決められた通りの向きにお供えできたぞよ

参加者全員で二礼二拍一礼
光線君も見よう見真似で、ふらーっふらーっ、体を必死に折り曲げてくれた
拍の余韻の中
宙に浮かび上がる巨大な
お主
平将門様
見守っていて下さったんですね、ありがたやありがたや
ほっと肩の荷が降りた光線君
床から天井いっぱい広がると
ぱっちり黒目を体の端から端までぐーりぐり
口をぱっくんこっくん、甲高い声で叫んだ！
「降リ注グゥー春ノ陽差シニ洗ワレテェー天ニ伸ビユク祝イノ木霊ァー」
おおっ、ちょっとぎこちない出来だけど
ありがとうーっ

晴天なりぃ
晴天なりぃ
ファミちゃん、レドちゃん、ありがとう
無事結婚の儀式は終了したよ

いやー、今回は随分勉強になったね
神様ってさ
初めからそこにおられるんじゃなくて
人がいるから
生身の人間の強い強い念に惹かれて
降りていらっしゃるもの、だったんだね
将門様も生身の人だったわけだしね
神主さんも生身の人
巫女さんも生身の人
ぼくもミヤコさんも生身の人
ファミちゃん、レドちゃんは人じゃないけど生身の猫
光線君は……生身の……とにかく
生身ってすごいなあ
さあさ、生身同士集まって記念撮影だぞ
晴天なりぃ
晴天なりぃ

ソレソレ、演年さん

ソレソレ
ソレソレ
神前での結婚の儀って奴は
ソレソレ
緊張感張るものだったぜ
神主さん、巫女さん、迫力あったぜ
ふぅー、たまげたぜ
でももう終わりだぜ
これから披露宴始まるぜ
こっから先は人間様の世界だから気が楽だぜ
オハッ
オハッ
光線君、体を束状にしてぐにょうんぐにょうん凹ませて頷いている

お目々ぐりんぐりん
新婦の化粧直しも終わったようだ
おっと
耳の後には式の時にはつけていなかった
大きな真っ赤なお花が！
口紅の色も違うし他にもいろいろ細工がしてありそう
式からそのまんまの新郎とは大違いだぜ
それでいいんだぜ
よし、では人間様のイベントにＧＯ！
ソレソレ
ソレソレ

晴れやかな音楽とともに新郎新婦ご入場
親族一同も式の緊張が取れてにこやかなお顔
拍手で迎えられてテレくさいけど我慢我慢
ミヤコさんの高校時代のお友だちで映画監督のＯさんが
ビデオ撮ってくれてる
ありがたいぜ

ふらーっふらーっ
お目々ぐりんぐりんの光線君
カメラの真上を鯉のぼりみたいにふらーっふらーっ力強くたなびいて
めでたさに花を添えてくれてるぜ

ソレソレ
披露宴はなるべく司会者に任せないで自分たちでやろうと決めたんだぜ
新郎新婦の紹介は互いでやるんだぜ
ソレソレ
「……ミヤコさんは、常に自分の意見を持ち、また相手の言うことをきちんと聞く、その両面がとてもすばらしいと思いました。一緒に暮らし始めて、甘えん坊なところがあることがわかり、そこもかわいいと思いました」
「……カズトさんは、多くの書物を読むなど知的な面を持つとともに、少年のような心を持ち続けている方だと感じております。また、大変優しく暖かい心を持っている方です」
ふぅーっ、2人とも用意してきた紹介文をつっかえずに読めたぜ
ふぅーっ、何事も練習だぜ
レーンシュー、レンシュッ、シュッ
お目々ぐりんぐりんさせて
ソレソレ

なぜか光線君も得意そう

ソレソレ
えーっと
この後、鏡開きをやって乾杯、それから宴会
お色直し後はマイクリレーで親族１人１人からひと言いただくって趣向だぜ
ミヤコさんのアイディアだぜ、手作り感が醸し出されるぜ
さっすがミヤコさん
その前に親族代表のカタシおじさんの挨拶だぜ
カタシおじさんは今年で92歳
頭は薄くなったけど足取りは確かでいつも背筋がすっと伸びてる
切手収集の趣味が昂じて切手販売の仕事に携わり
今やこの道の権威の「切手のおじさん」
「肥前国の明治時代の郵便印の研究」で大きな賞を受賞してるんだぜ
それはそれは
気が遠くなるような
お目々がぐりんぐりんしちゃいそうな
大・大・大研究
小さい頃、ぼくが吹けば飛ぶような「切手コレクション」帳を自慢げに見せたら

丁寧にチェックしてくれて
中の1枚を「これはまあまあいい切手だ」とほめてくれたんだぜ
嬉しかったぜーぜー
おっと挨拶始まるぜ

「カズト君、ミヤコさん、
このたびはご結婚おめでとうございます。
カズト君の叔父のカタシと申します。
このようなおめでたい席で挨拶を述べさせていただくことを、
大変嬉しく思っております」
いやー、こちらこそ今日は本当にありがとうございます
おじさん、感謝だぜ

「辻家ですが174年続いておりまして、
私が11代目になるのですが、
先祖に鍋島藩の役人の辻演年（ツジエンネン）という人がおりまして……」
174年、そいつぁ知らなかったぜ
「最近、佐賀の新聞の記事でも紹介されました。
今日はここにコピーを持ってきております」

って
そんな小さな紙切れ振り回されたって誰も見られないぜ
おじさんの手のひらひらーっに反応した光線君
ふらふらーっ、螺旋状に体を巻いて覗き込もうとするが果たせず
体の表面にへの字型の眉みたいなのを作って
困った顔をしてみせてくれてるぜ
「演年は技術者でありまして、
有明海の干拓工事を43年にもわたって手掛けたのであります。
当時の干拓と言ったらそれはもう一大事業でございました。
演年が考えだした『石積み法』という堤防の築き方が実に画期的なもので……」
偉い人だったんだなー
ちっとも知らなかったぜー
で、それとぼくらの結婚がどういう関係が?

「また、長崎に赴いて砲台を築く仕事も請け負いました。
当時、長崎には外国の船がたびたび渡航し防衛強化の必要があったのですな。
演年は砲術家の本島藤太夫と協力しまして……」
話は続くぜ
どこまでも

だんだん不安になってきたぜ
困惑した空気が会場に漂い始めたぜ
12時も過ぎてお腹も空いてきた頃だぜ
ちっちゃい子たちは
おじさんの気迫に押されてむずかる余裕もなく口ぽかんだぜ
ミヤコさんの眉、微かにぴくぴくしてるぜ
でも、来客の中の最長老だから誰も止められないぜ
光線君、突然関係ないよっという素振りを見せ始めて
ふらーっふらーっ、天井を右から左へ
今後は左から右へ
ふらーっふらーっ、意味もなく流れてるぜ
シラーン、シラーン、シラーン
ずるいぜ、光線君

「……演年は晩年になって自分の仕事を文章に書き残すということをやっております。
達筆な漢文で書かれているのですが、これが大変見事な名文でございまして、
文章家としても一流であったわけです。
ところで、新郎のカズト君は詩を書いておりまして、
『真空行動』という詩集を出しております。

ここには猫ちゃんのことがとても面白く書かれている。
辻家の文才はここに引き継がれていると痛感したのであります」
おおっ、ここにつながったか！
おじさん、ぼくの詩読んでくれてたのか！
「ミヤコさん並びに鈴木のお家の皆様、
こんな辻家でありますが、どうぞ末永く仲良くおつきあいいただけたらと存じます。
最後にもう一度、カズト君、ミヤコさん、ご結婚おめでとうございます」
お、終わった
終わったぜ
どうなることかと思ったけど
オワッター、オワッター
光線君、いつのまにかおじさんの側にいて
おじさんが頭を下げるのと同じタイミングで
ふらーっふらーっ、体を折り曲げてるぜ
ほっとした空気が広がるぜ
パチパチパチパチパチパチ

ソレソレ
ソレソレ

しっかし、おじさん
鈴木家の皆さんに辻の家のことをわかってもらおうと
一生懸命だったんだぜ
誇れる先祖のことを図書館に行って一生懸命調べたんだぜ
それにそれに
ぼくの詩も一生懸命読んでくれたんだぜ
現代詩なんか読む機会なかっただろうに
ファミちゃん、レドちゃん
君たちとの大事な思い出もちゃんと読んでくれたぜ
さすが「切手のおじさん」
ソレソレ
ソレソレ
おじさん、おじさん
おじさんが切手のことなら何でも知ってる「切手のおじさん」になれたのは
調べる手間を決して惜しまなかったからなんだぜ
新宿切手センターにあるおじさんの店は
「平和スタンプ」っていうんだぜ
日本が2度と戦争をしないようにっていう願いが込められているんだぜ
武家出身だからこそ平和のありがたみが身に染みてるって聞いたぜ

その店に90歳を超えた今でも毎日顔出してるっていうぜ
駅までは自転車を走らせて皆から危ないって言われてもやめないんだぜ
ちょっとくらい長くなっても
辻家のことをわかってもらうために先祖の話をしないわけにはいかないんだぜ
けど、ぼく自身は「辻家」の立派なお家柄とは関係ないんだぜ
174年よりも今が大事だぜ
祝ってくれるおじさんの今の気持ちが嬉しいぜ
ありがとう、ありがとう
だぜだぜー！

ソレソレ
ソレソレ
よっこいしょ
大きな木槌を持って
ミヤコさんと2人、息を合わせながら樽の蓋を
バチーン
鏡開きでござーい
広がる馥郁たる清酒の香り
お、お主

酒樽の上にぽっと現われたる
裃つけた巨大な半身
お、お主
ながーい顎鬚に、きりりと結んだ口元
遠くを見つめるような澄み切った眼差し
お、お主
演年さん?
目をぐりんぐりんさせた光線君
いきなり体を平べったくして床にぺたっと這いつくばって土下座の真似
蓋を割った後は木槌を2人で持ち上げて
皆様とカメラに向かってにこにこするのが流儀なんだけど
晴れ渡るようなミヤコさんの笑顔に比べて
ぼくの笑顔がひきつってるのは
お、お主
演年さんのせい、だぜだぜ
子孫に命じていたっていう堤防の補修、できなくてすいません
でもでも
詩は書いてるぜ、本気で書いてるぜ
この人ぼくの伴侶だぜ

ずーっと一緒に本気で暮らすんだぜ
ソレ、乾杯の時間だぜ
ソレソレ、アーソレソレ
演年さんも杯を取ってくれ
光線君がふらふらーっと体の端っこを杯の形にして切り離し
演年さんに握らせる
演年さん、不思議そうに杯を見つめていたが
「それでは、かんぱーい」
ぐいと飲み干した！
人間様の世界も奥が深いぜ
ソレソレ
ソレソレ

かずとんとん

何だって?
「カズトさん」はもうヤダッて?

結婚式から1週間たった頃
妻になったばかりのミヤコさんは
洗ったばかりの髪を撫でながら
駆け込まんばかりの勢いで寝室に入って来たんだ
「カズトさんって他人行儀で何かヤダなあ。いい呼び名ないかなあ。
カズトさん、カズトくん、カズトカズト……
あっ、『かずとん』。
『かずとん』いいかも……
決めたっ
これから『かずとん』って呼んでいい?

いいよね？」

それから
軽くフシをつけて
「かずとん、かずとん、
かずとんとん」

一瞬で、ぼく
「かずとん」になってしまった

それまでのぼくたちは「カズトさん」「ミヤコさん」ってな感じ
会話の中で敬語使っちゃったり
ミヤコさん、夫婦であるからにはもっと親密に、もっと柔らかくあるべきって
考えたに違いない

「じゃあさ、君のことはこれから、
えーとえーと、『ミヤミヤ』って呼ぶよ」
言い返したけど
「かずとん」に比べるとインパクトなし

だいたいどっから来たんだ？
「とん」って？

「うーん、特に理由ないけど、
かずとんにはすごく似合ってる感じがする。
かわいいじゃない？
オジサンくさくないし。
カタカナよりひらがながいいかな。
かずとん、かずとん、
かずとんとん」

かずとん、かずとん
怪獣の名前みたいだな
おとなしい小型の怪獣だ
森の中に住んでいて
クマさんやシカさんとも仲良くやっていたりするんだろう
うんうん、きっとそうだ

「じゃ、おやすみなさい」

「おやすみなさい」
電気を消し
しばらくして
「ミヤミヤ」になったミヤコさんの寝息を確かめた
よし
なってやろうじゃない
かずとん
寝床を抜け出す

とんとんとん
と
ドアを透過して階段を降りて

近くに深い森はないから
マンションの庭の木立ちの中
実体はないから
もっこもこ伸縮する輪郭みたいなものを
体の代わりに踊らせて

かずとん、かずとん、かずとんとん
かずとん、かずとん、かずとんとん

すると
寄ってきたのは、寄ってきたのは
クマさんとシカさん
やあやあ

特に理由はないけど
かわいくて
カタカナよりひらがなが似合うものに
ぼくは、なった

かずとん、かずとん、かずとんとん
かずとん、かずとん、かずとんとん

理由がなくて
体もないから
3月の初めだけど寒さは感じない

今夜はこのまま寝ちゃおう
朝だよーって
ミヤミヤが
起こしに来るまで

あるサボタージュのお話

祐天寺のアパートで保護した野良猫のファミとレド
実家で預かってもらって早４年、すっかり馴染んだと思っていたら……

レド
レドレド
レドレドレドレ
大変、大変

実家の母より緊急の電話
「大変、大変、
レドちゃん、昨日から散歩から戻らないの。
ベランダ近くまで来たんだけど、
お父さんが家に入れようとしてずんずん近づいたら、

また逃げちゃってそれっきりなのよ」

大変、大変
レド、どこ?
レドレドレドちゃん、どこどこ?
レド
レドレド
レドレドレドレ
困ったな、週末探しに行こ

ところが3日後の早朝また電話
「さっきレドちゃん戻ってきたの。
ベランダで大きな声で鳴くから急いで戸を開けたら、
家の中に走り込んで、ファミちゃん探してるのよ。
ファミが、どうした?って顔して出てきたら、
安心したみたいでエサ食べて、
食べ終わったらお腹出して甘えるから、
抱っこしていい子いい子してあげて、
そしたら満足したみたいで冷蔵庫の上のいつもの場所にぴょーんと飛び乗って、

いつものようにおねんねしちゃったよ。
でもまあ、良かったねえ」

更に更にお昼頃
「さっき3つ隣の家の人が訪ねてきて、
おたくの白い猫ちゃん、ウチの庭に3日間じっとしてたって言うのよ。
じっとうずくまってるからどうしてるのかなって、
かわいそうに思ってご飯あげてたって。
ファミも時々会いに来てたらしいのね。
なんか心配して損しちゃった感じよ」

えーえーっ、そんな近くにぃ
ファミも一緒！
大変、大変
って程じゃなかったのね
レド
レドレド
レドレドレ

「猫を外で飼わないで下さい」
なんていう回覧板が回ってくるご時世
だから猫たちを外に出すのは早朝だけ
いつもはお腹が空いて2時間もすると帰ってくるんだけど
その日、レドの心に
ふと
「今日は、帰らなくていいかな」
というアイディアがよぎっちゃったんだよ、な
レド
レドレド
レドレドレドレ

3月下旬の空気ってまだ結構冷たいじゃない?
我慢できなくはないよ
お庭の枯れ草に体を寄せてれば
1匹でずっといてさみしくない?
薄い陽の光が目の前でゆらゆら揺れていれば
さみしくないよ
それに毎朝ファミちゃんが匂いを嗅ぎに来てくれるから

全然さみしくない
かわいがってくれたお家の人の顔を見たいって思わない？
……
……

あはっ、何だそりゃ
たった3軒隣で「飼い猫」をサボタージュかよ
何不自由ない暮らししてるくせに
レド
レドレド
レドレドレ

でも何となくわかるよ
いつもいつもかわいがられなけりゃいけないって
負担だもんな
甘えなきゃいけないって
負担だもんな
おいしいモノねだらなきゃいけないって
負担だもんな

たまにはサボりたいよな
「飼い猫」をサボって
「ただの猫」に戻る
そういう時間って
うん、大切
ぼくなんかずーっと「ただの人」状態に浸りきってた
それがいまや「夫」だからねえ
毎日とっても楽しいんだけど
「夫」をやりつつ
たまーに「ただの人」に戻りたい時ってのもあるんだよね
レド
レドレド
レドレドレドレ

早くも「妻」をこなしきってるミヤミヤが電話を傍で聞いてて
「レドちゃん、帰ってきて良かったねえ」と言うから
「ホントだね、安心したよ」って答えたよ

でもね

ほんとにほんとは
プチ家出できて良かったね
「飼い猫」を休めて良かったね
ぼくは家出したいなんて全然思わないけど
「おはよう」を言ったりハグした後に現われる
弱い草が薄い陽光になぶられるような
しなる薄暗い空間に
ひゅっと入り込んで
密かに体育座り
なんてことは「夫」になってからも何度かやったよ
ま、実際に座りはしないけど
さ、ベランダの方をぼーっと見つめよう
もうすぐ桜の季節
このマンションの庭には桜がいっぱい植わってるからさぞかし見事な眺めになるだろう
でも、そういうことは脇に置いといて
何もない夕闇をただただぼーっと見つめていよう
「夫」を束の間休んで
「ただの人」でいることを楽しんじゃおう

大変、大変、なことじゃない
自然なことなのさ
レド
レドレド
レドレドレドレ

「ために」の出番

ぐつぐつ
鍋の中にあるのは
カレー
かっかっかっ
からぁーいん
ジャガイモの
かっかっかっ
皮を剝いて
ニンジンと一緒にひと口大に切って
ゆっゆっゆっ
茹でるん
今日は土曜日
だけどミヤミヤ出勤の日

大学の教務課って土曜日もやってるん
交代で
しゅっしゅっしゅっ
出勤するん
かっかっかっ
カレーの出番
かずとん、かずとん、かずとんとんの
数少ないレパートリん

窓の外には桜の花びら
ピンッ、ピンッ、ピンッ
ピンクが吹雪いて
夕闇が明るい
庭に桜が植わってるマンションって良しですよ
こんなマンション見つけてくれたミヤミヤって良しですよ
よしっよしっよしっ
ミヤッミヤッミヤッ
そんなミヤミヤの帰りを待って
食事を作る

学生さんたちのために職場で頑張っているミヤミヤのために
カレーを煮る
ミヤッミヤッミヤッ

ファミ、レド、ソラ、シシのために
毎日ご飯を用意していたなあ
安売りの大袋に詰まったカリカリをお皿に移して
それだけじゃ寂しいので
猫缶も乗せてあげる
どうぞ、召し上がれ
ぼくに対して何の遠慮もないファミは真っ先にズカズカ近づいてきて
ふゅっふゅっふゅっ
鼻を細かく震わせて匂いを確かめると
前足を踏ん張って「食べるぞ」という態勢を整える
ガリッガリッガリッ
時折頭を起こして
噛んだご飯をゆっくり飲み下す
その、遠くを見るような眼差し
ぼくを貫いてそのまま色褪せた壁に突き刺さるん

ぼくに対する感謝なんて込められていない澄んだ眼差しに
ドッキドッキドッキ
食べ終わったファミは舌なめずりしてから
ちゃぴちゃぴちゃぴ
おいしそうに水を飲んで悠々毛繕い
やがてそろりそろりとレドとソラが入ってくるん
シシは部屋に入って来ないのでベランダにお皿を出してやるん
ガリッガリッガリッ
ガリッガリッガリッ

夕闇がほんとの闇に変わってきた
そろそろミヤミヤ、帰りの時間が近いかな

ぐつぐつぐつ
ジャガイモもニンジンも柔らかくなってきました
いざ、投入の時
タマネギ刻んで
トマト切って
じゅっじゅっじゅっ

炒めて炒めて炒めて
ざぁっと一気に鍋の中へ
トマトは大きいのを1個丸々使うのがかずとん流
そろそろサイドメニューも作りますか
レタス刻んでアボカドの実掬って
スモークサーモンを添えればサラダ一丁あがりん
酢にオリーブオイルと塩・砂糖、それにお醤油を少々加え
即席の和風ドレッシングもできあがりん
お湯を沸かして
さっき炒めたタマネギの残りを入れてスープの素を加えれば
なんちゃってオニオンスープもできあがりん
おっとそろそろお肉も投入するかな
ざくっざくっざくっ
解凍した鶏肉切って
じゅっじゅっじゅっ
ワインを少々加えて炒めて炒めて
ざぁっと一気に鍋の中へ
肉も野菜も切り方が実に不均等
男の料理はお手軽だねえ

ねえっねえっねえっ

ミヤッミヤッミヤッ
自転車を走らせて家路につくミヤミヤ
真っ暗な中、細いライトをしっかり灯して
表通りは車が多いから裏通りを選んで
路地から飛び出してくる人がいるかもしれないから
交差点が近づくごとに
きゅっきゅっきゅっ
ブレーキ握って
慎重に自転車を操るミヤミヤ
一日中学生さんたちのために
忙しく書類を作ったり問い合わせの電話をかけたり
誰かの面倒を見るなんて発想が一切ないファミとは大違いだけど
夜になればお腹が空くことは同じ
さ、一旦火を止めていよいよカレー粉投入
まだ冷える4月上旬の夜にカレーライスはおいしいよ
かっかっかっ
からぁーいいん

あっあっあっ
あったかーいん

ミヤッミヤッミヤッ
ミヤッミヤッミヤッ
ぼくはさ
誰かのためになんて発想はない人だったんだよん
けど
ファミ、レド、ソラ、シシが空きっ腹抱えてちゃしょうがないん
ミヤミヤがお腹空いてちゃしょうがないん
ぼくはさ
万物の霊長らしき「人間」に生まれたん
先進国らしき「日本」に生まれたん
家を継ぐらしき「長男」に生まれたん
安月給だけど安定してるらしき「正社員」になったん
亡くなったおじいちゃんは陸軍兵器学校の校長をつとめた軍人で
戦争はいけないと言いつつ孫たちに勲章をいっぱい見せてくれたん
ギラギラ光って
怖かったん

「ために」するのはやだな
「正社員」はやだな
「長男」はやだな
「日本」はやだな
でもって「人間」もやだな
なのにどれもやめられない
困って祐天寺の六畳一間のアパートに引き籠ったたん
居心地良かったたん
20年そこで眠ってたん

ところが何と何と
ファミのために、レドのために、ソラのために、シシのために
ご飯作らなきゃいけなくなったたん
突然「ために」が降ってきたたん
カリカリに猫缶乗せ続けて
何と何と
今
ぐっぐっぐっ
カレー煮てるん

「異性愛者」として結婚して
名字を変えさせてしまったミヤミヤのために
カレー煮てるん
おたまで鍋を掻き回すと
疲れてお腹空いて自転車走らせてるミヤミヤの姿が
ぐっぐっぐっ
「ために」「ために」「ために」って
浮かんでくる

カチャッチャッチャッ
鍵が回る音
ミヤミヤ、帰ってきたん
よーし、最後の仕上げ
鍋にミルクをコップに4分の1程注ぐん
こうすれば味がまろやかになるん
うん、おいしい
これぞかずとん流
「お帰り、ご飯できてるよ」
「ただいまぁ、夜桜きれいだねえ」

コートを脱ぐん
ミヤミヤの生身が現われるん
「ために」が立ってるん
かっかっかっ
からぁーいん
あっあっあっ
あったかーいん

ファミちゃんが1番

ファミちゃん、ファミちゃん
レドちゃん、レドちゃん
ファミちゃん、ファミちゃん
レドちゃん、レドちゃん

「かずとん、かずとーん。
んもぉ、またぶつぶつ言ってる。
自分で気がついてるの？　会社とかでも口に出してるんじゃないでしょうね？」

ついついつい
掃除機かけながら
ついついつい
いやあ、困った、困った

困ったちゃん
ファミちゃん
レドちゃん

1人暮らしが長かったせいで
すっかり独り言が多くなっちゃった
「どれ、コーヒーでも飲むか」
「さて、風呂にでも入るか」
聞かれてもいないのに
相手もいないのに
言葉が出てきちゃう
壁や机やカーテンに向かって
いくらでも話しかけちゃう
どう思う?
「ヘンダァー、オカシィヨォー、アリエナィー」
薄っぺらい体を電球にクルクル巻きつけたり解いたりしながら光線君が答える
だよなー、だよなー
困ったちゃん
「また何か独り言。もおぅー」

外では大丈夫なんだが
1人になると
ついついつい
口を突いて出てくる
その代表格が
「ファミちゃん、レドちゃん」
これ
声に出すのを我慢する方が難しい
実は会社でもトイレに立つ時とかに小声で
ついついつい
困ったちゃんしてるんですよ

ではでは
そっと声に出してみましょう
「ファミちゃん、ファミちゃん、偉いねえ」
「レドちゃん、レドちゃん、かわいいねえ」
ぽっ
声に出した途端に

ぽっ
ほら
ぽっ
ほら
出現したでしょ?
ぽっ
では
撫でる仕草をしてみますよ
手首をひねって、5本の指を柔らかく柔らかく動かして
ふわっふわっ
もふっもふっ
ツーッと鼻筋を撫でると
目を細くしてうっとりする
顎に手を伸ばすと
首筋をぐっと伸ばしてもっともっとと促す
光線君も触ってみたら?
ぼくが指し示した場所を
薄い四角い体の先を紐のように細くして恐る恐る突っつく光線君
チョン……チョン

ほら
ふわっもふっ
「ホントー、ホントー」
光線君、体を扇子状にパタパタさせて驚いてる
だよねー、だよねー
声に出しただけで
ふわっもふっな姿が
空中にしっかりちゃん

このマンションでは猫は飼えないし
第一、実家に馴染みきった彼らを今更他の場所に移すのは酷なこと
ファミ、レドとは離れて暮らさざるを得ないけど
ついついつい
名前を呼べば
現れる
ついついつい
名前を呼べば
賑やかになる
名前、名前

名前っていいなあ
「ナマエワァー、
ヨブヒトノォー、
ココロモチヲォー、
アラワスナーリィー、
コエニダセバァー、
スガタモアラワレルナーリィー」
光線君、よく言った！
その通りなりぃ

食後のお茶を飲んでると
ミヤミヤが不意に湯呑みを置いてぽろり
「かずとんはいつでもファミちゃん、レドちゃんなのね。
ファミちゃんが1番、
レドちゃんが2番、
ミヤミヤが3番」

えーっ、困ったちゃん
「そんなことあるわけないよ」ってすぐ返したけど

ぼくに向ける視線にどことなく不満が宿ってる
本当にそんなことないんだよ
だいたいレドはファミと同じくらいかわいがってるし
あ、そういう問題じゃないか
そりゃさ
新婚旅行にスペインに行った時
地下鉄の行き先を確認しようとしてミヤミヤに
「ねえ、ファミちゃん」って話しかけちゃったことはあるさ
「昔の彼女の名前を呼ばれるよりもショック」って睨まれたさ
でもそれはね
ミヤミヤなら
何を聞かれても大丈夫
ってことなのさ
かずとんとミヤミヤは一緒に住み始めて6ヶ月
オナラの音を聞かれても「ま、いっか」って感じになりつつある今
独り言を聞かれてもかまわないのさ
「オナジィー、オナジィー」
裾をきらきら翻しながら光線君がぼくとミヤミヤの間をさぁーっと走り抜ける
「ミヤミヤが1番に決まってるじゃない。

それより今度の日曜日、小金井公園にウォーキングに行こうよ」

ウォーキングに行っても
周りに誰もいなくなれば
ついついつい
傍にミヤミヤがいても
ついついつい
ファミちゃん、ファミちゃん
レドちゃん、レドちゃん
ファミちゃん、ファミちゃん
レドちゃん、レドちゃん
名前を呼べば
困ったちゃん
みんな一緒に暮らしてるのと
「オナジィー、オナジィー」

ムックムックは上下する

ムックムック
ムクムク
クククッ
骨の奥から目覚めて
ゆっくり、けれど力強く
湧き上がってくるものがあったんでしょう
いや、ぼくじゃないですよ
ミヤミヤですよ
ムック、ムック、ククク……

ベッドに入って手握って
「おやすみなさい」を言おうとしたその瞬間さ
「ねえ、かずとん。

そろそろ家を買おうと思うんだけどどう?
結婚前にも話したでしょ?
いつか自分の家が欲しいって」
そう言ゃぁ
江ノ島デートの時にだいぶ熱を入れて喋ってたな
「うーん、まだちょっと早いんじゃないの。
ヘンなのつかまされちゃいやだし。
じっくり情報収集してからにしようよ」
ミヤミヤ、ガバッと半身起こす
「かずとん、約束違うじゃない。
結婚するなら家は欲しいって言ったでしょ?
もおぅー、来週は不動産屋さんに行くからね!」
買う気ないとは言ってないのに
言ってないのに
ミヤミヤ、怒りで鋭い三角形に変形
ムクムク
ムックムック
ムキキッ!
はい、わかりました

来週ね

はい、来週の土曜日になりました
不動産屋さんの車に乗ってます
「マンションっていうのはピンキリなんですよ。
今日お見せするところは中古ですが造りはしっかりしていますよ」
経験豊富そうなその人は通りがかったマンションをあれこれ批評
これはまあ、ピン
残念、これはキリ
ミヤミヤ、ムックムックと頷く
はい、着きました
緑豊かな庭つきのおしゃれなマンション
にこやかに迎えられて早速拝見
3LDKの清潔なお部屋
白い囲いがあってこれは今お散歩中のワンちゃんのお部屋だとか
2500万、お買い得だし駅からも近いよな
おや？
ミヤミヤ
ゥムークゥ、ゥムークゥ

風船が空気抜けるみたいにしぼみ中

「手頃なマンションだったけど私が欲しいのこれじゃないってわかっちゃった。
次は中古住宅見に行きましょう」

だそうで
はい、翌々週になりました
一橋学園のお宅へ
敷地は狭いけれど明るい陽射しが差し込む
2人の小さなお子さんがいるらしく
カーテンの柄といい置物といいかわいいインテリア
連れてきてくれた元気印の女性の不動産屋さんは
「造りがしっかりしている割に格安な物件ですよ。
建ててから急に転勤が決まられたということでまだ新築同然です」
3000万、予算内だね
ミヤミヤ、頷きながら
床に、天井に、階段に、目をキョロキョロ
悪くはない
悪くはないんだが

振り返ると
ミヤミヤ、突然ムシューッ、細くなる
カチン、固まってしまったぞ
「ありがとうございました。検討させていただきます」

「やっぱり他人が建てた家っていうのは、
予算的に問題なくても趣味がいいものでも私のものじゃないって気がする。
私が良く利用するお店に住宅部門があって、
今度見学会やるので足を運んでみましょう」

はい、その翌々週になりました。
荻窪駅から歩いて15分、あ、あの白い家?
1階がアトリエと寝室、2階がリビングとキッチン
すすすーっと伸びるスケルトン階段には
きれいな絵が何枚も飾ってあって
いかにもイラストレーターさんのお家らしい
仕切りが少なくて柱もなくて
部屋の奥までパーッと見渡せる
面積以上に

ひろびろーっ
そして
床、がっしり
壁、がっしり
何でも高度な構造計算による工法を採用していて
耐震性に優れているそうだ
断熱性も高くてエアコンに頼らなくても快適に過ごせるそうだ
その代わり予算は幾らかオーバーするぞ
土地込みだと総額４０００万代の後半はいくだろう
さて、ミヤミヤのご様子は？
部屋を子細に見渡す視線は厳しい厳しい、けどけど
ムックムック
ムックムック
その目の奥の奥は踊ってるじゃあありませんか
おや、足にすりっとした感触
まあまあ
ピンクの首輪をつけた茶色の猫ちゃんだ
随分とかわいがられてるんだな
よしよし

がっしりしたお家に守られていると
安心しきって人懐こくなっちゃうのかな
あ、そろそろ見学会終了

はい、帰りの中央線です
結構混んでます
ミヤミヤの様子、ちらりと見ると
電車が揺れても
窓の外を眺める横顔は微動だにしません
この横顔、見覚えあります
指輪買う時も式場探しの時も
そうかあ
ミヤミヤは気に入った
ミヤミヤは決めた
予算オーバーでもこの顔になったらもう覆らない
一見クールだけど中は
ムック、ムック、ムック

わぁー、このままじゃ

一軒家建っちゃうよ
冗談じゃないよ
このぼくが家建てるって？
祐天寺のアパートの光景が浮かんでくる
本の山の間に敷いたセンベイ布団の上で
目をカーッと開けたまま
1人で死ぬんじゃなかったのかよ

でも
ミヤミヤがあんなに
ムックムック
なんて、何だか
楽しいな
横でぽーっと突っ立って
ムックムックを一歩下がって見守るって、何だか
楽しいな
一歩下がるには
下がるという動作をするための意志と力がいるんだよ
ぼく、かずとんは

ムックムックと
一歩下がってついていく
ムックムックしたい人に道を譲ると
一歩遅れてちゃーんとムックムックがやってくる
そのことを
ぼく、かずとん
知らず知らずのうちにちゃーんと学んでたってわけさ
ムックムックは
ミヤミヤとかずとんの間の回りもの
生身と生身の間の回りもの
さて、かずとん
改めてあなたに問います
家、建っちゃってもいいですか?
うん……いいよ

はい、その翌々週
若い男性の不動産屋さんに連れられて小平市に土地を見に来ました
草ボウボウの33坪
バス停とスーパーマーケットが歩いて3分

おしゃれな店なんか何にもないけど静かで緑が豊か
ぼくが育った神奈川県伊勢原市の雰囲気に似ているな
土地の前の道路の一部がまだ私道で
そのため若干割安になってるって
不動産屋さんにお礼を言いマンションまで送ってもらう

はい、それでさ
マンションに辿り着いた途端だよ
「私、さっきの土地もう一回見に行くから。
駅からの時間も計っておくね。
かずとんは掃除機かけててくれないかな。じゃね」
すたすた自転車置き場に歩いて
よいっしょ
ムッック、ムッック
腰を浮かせて自転車を漕ぎ出した
ムキィーク、ムキィーク、ムキィーク
7月の午後
うっすら汗を浮かべて
自転車を漕ぐミヤミヤの後姿が

ムックムック
ムックムック
上下する
力強くて美しい
上下する背中が
ムックムック
一歩遅れて
見送るぼく、かずとんの視線も
ムックムック
美しい
美しい

ヤーヤァー、ヤーヤァー

や、や、や
やや
太い
やや太い

指輪をはめたミヤミヤの薬指の
節のところ
指はほっそりしているのに節だけが
やや太い
図面を押さえるミヤミヤの左手を見て改めて
やや驚いた
頭上を浮遊する光線君も
お目々クリックリッでやや驚く

「ヤーヤァー、ヤーヤァー、ヤーヤァー」

今日は建築設計事務所での2回目の打ち合わせ
建築士さんが作ってきた叩き台の図面に
鉛筆でチェック入れてきたミヤミヤ
「玄関の位置は西ではなくて東でお願いします」
え？
「トイレは奥でなくて玄関入ってすぐのところにして、
その近くに収納棚をつけていただけますか？」
は？
「キッチンの奥行きはもう少し取って下さい。
ここに冷蔵庫と食器棚を置きますけど、
外から見えないように仕切り戸を作って下さい」
りゃりゃ？
いつのまにそんな細かいところまで考えてたんだ
聞かされてないこともいっぱい出てくる
ぼく、ひと言も口を挟めないじゃないか
「かずとん、アワレー、アワレナリィー」
光線君が嬉しそうに叫ぶ

うっるさいな、何でついてきたんだよ

「それでは、この洗面所のミラーはどのタイプにしますか?」
建築士さんが聞く
「これは主人の意見を聞いてみます。どれがいいですか?」
あ、今、「主人」って言ったな
普段は絶対ぼくのこと「主人」なんて呼ばないくせに
「シュジーン、シュジーン、かずとん、シュジーン」
目玉を消して口だけおっきく広げた光線君が天井から床へと駆け抜ける
涼しい顔でお茶をくいっと飲み干すミヤミヤ
どれがいいって言われても似たような奴の3択じゃないか
「えーと、それじゃCタイプを」
「Cタイプですね。かしこまりました。蛇口のタイプはいかがなさいますか?」
「これも主人に決めてもらいましょう。どれがいい?」
「うーん、じゃ、Bかな」

なーるほどね
こういうどうでもいいのはぼくに決めさせて
「主人の意志」も大事にしてますよー、とサラリとアピール

「男を立てる」のがうまいねえ
「本音と建て前」を使い分けるのがうまいねえ
その後もミヤミヤと建築士さんの間で
やりとりは続くよどこまでも
建築士さんは最早ぼくには目をやりもしないで
忙しくメモを取るばかり
「主人」は完全に蚊帳の外だ
おお、窓の位置が決まっていくぜ
おお、2階のフリースペースの間取りが決まっていくぜ
イカ状に変形した光線君
建築士さんの頭を体の先っちょでちょんちょん突きながら
「カヤー、ノ、ソトー、ソトー、カヤァー、ソトー」
いやあ、早く終わんないかなあ

「あ、大事なこと言い忘れてました。
主人の書斎の位置ですが、
向かいの収納スペースと逆にしてくれませんか?
このままだと西陽が差して主人の読書の邪魔になってしまいますから」
へ?

そんなところに気がついてくれたのか

「ありがとうございました。お世話様でした。良い家ができそうです」
図面を畳むミヤミヤの指は
節のところだけ
やや
太い
図太い
都合によって
ぼく、かずとん、を
やや
「主人」
に仕立てては
本音の中に畳み込む
でも、その
やや太い指の導きによって
ぼく、かずとん
きつい西陽に悩ませられることなく
本が読めるってわけだね

ミヤミヤ
やや
やさしい
やさしいね
ありがとね
光線君もそう思うだろ？
「ニーシービィー、キーツーイー、キーラーイー、
かずとん、ラッキー、アリガーターヤーヤァー」
クリックリッの２つの目玉をせわしなく上下させながら
干したＴシャツみたいなカッコで宙に浮かぶ光線君
ほうほう、もともと「朝の陽光」である光線君は
「夕の陽光」とはライバル関係にあるようだな

「さ、帰りましょ」
ぼくの先をスタスタ歩き始めたミヤミヤの踝は
その上に伸びる足に比べて
やや
太い
節のところはみんなガッチリできてる

や、や、や
やや
太い
やや太い
でもって
やさしい
「ヤーヤァー、ヤーヤァー、ヤーヤァー」
かずとんも
やや
「主人」のフリして
ミヤミヤの後を追いかけますぞ

骨ッの世界

コツッ
コツッ
骨ッ
骨ッ
コツッ
コツッ

自転車走らせ
建設中の小平の家へ
お仕事中のミヤミヤに代わり建設の進み具合を見に行く
頭上に
鯉のぼりみたく
ハタ、ハタ、ハタめく

ほそ、ほそ、ほっそながい光線君を従えて
走った、走った
すると
鉄パイプの足場とシートに囲まれた巨大な影
「辻様邸」
うわぁ、ぼくんちだよ
感動
見て見て、光線君
「ツジサマー、サマー、サマーティーイーイー」
興奮した光線君
平べったい体を痙攣したように高速度で折り曲げ
大きく広げたお目々を左右にグリグリ
あのー、まだそんなに驚かなくていいから

「こんにちはー。依頼主の辻です」
「お待ちしておりました。どうぞゆっくりご覧になって下さい」
仮設ドアを開けると
うわぁ、いきなり

コツッ
コツッ
骨ッ
の世界
横にも縦にも
おっと斜めにも伸びる
四角い木、木、木
これって
恐竜の骨組そっくり
ぐねぐね
きゅるきゅる
横にも縦にも
おっと斜めにも
骨ッ
コツッ
コツッ

弱いライトに照らし出された骨の群
玄関からそろりそろりと伸びて

ここ、トイレか
「くの字」に並んで
尻尾が軽くとぐろを巻く
う、う、
微かに
ぴっくぴっく
伸びていく伸びていく
だんだん太くなっていくぞ

がーん
突然ぶち当たった
ぶっとーい腰
ここ、キッチンか
長方形に、ちょいと不均等に並んだ骨
冷蔵庫と食器棚を置くスペースを広く取ったので
圧倒的なボリュームだ
尻尾と釣り合いを取りながら
ゆーらゆーら
重い重い体を揺らす

ゆーらゆーら
恐る恐る骨の一つに触れてみると
ひんやりした皮膚のざらざらした硬さが感じられて
ぞぞっとしちゃったよ
あ、今
リビングの上を黒い影がよぎって
電球揺れた

とすると、足は
ここ、ベランダの隣の壁
埋め込まれた木が頑張ってる踏ん張ってる
よーちよーち
体が重いのでよちよち歩きしかできないけど
歩幅は大きい
前のめりに前進して獲物を追う
土をえぐって
よちっ
分厚い爪が空中に飛び出す
危ない

避けろ
けろ

1階を見尽くして改めて辺り見渡すと
何と何と
光線君が床にぺたっとへばりついてるではないか
おいおい、大丈夫か
「ピックピクー、ユーラユラー、ヨーチヨチー、
サマーティーイーイー、メー、マワールールー」
中身のない目をくるくる回して正方形にノビている
心配しないで
こいつ、肉は食べるけど光線は食べないよ
さあ、気を取り直して2階に上がろう

コツッ
コツッ
骨ッ
骨ッ
コツッ

コツッ

長い長ーい背骨をつたって
胴から首へ
ぐねっぐねっ
不意に起こる屈曲
遙か下方で
尻尾が床を叩いている
その振動が骨をつたって
ぼくの手の甲を震わせる
振り落とされたら大変だ
必死にしがみついていると
回復した光線君、すっかり平気顔
骨の間をスィースィーと飛び回りながら
「イコーイコー、ウエー、イコー」
飛べるって強いな
さ、もう少しで2階だ

よいしょ、最後の段を上がると

おおっ
す、すごい
コツッコツッコツッ
木の香りをぷんぷん立ち昇らせながら
長短の骨が
立って立って立ちふさがって
そうか
ぼくは背から首を通って喉元を抜けて
でっかい口の中
ってことはこりゃ歯か
上からも下からも
ぐわっと攻めてくる
フリースペース、クローゼット、書斎と
攻めてくる長短の骨を避けながらそろりそろりと移動する
コツッ
コツッ
興味津々の光線君
体を紐状に細くして1本1本の骨に巻きついては
ささくれた感触にいちいち驚いて

空中でくくっと旋回

ここ、寝室
高い位置に窓を配置したんだけどどんな感じかな?
足を踏み入れる、途端に
白い強い光
薄闇をぱーっと切り裂いて
目玉だ
獲物をぐりぐり探すレーダーだ
ぐりっと見据えられたらどんな獲物も腰抜かしちゃう
いつの間にか頭部に入り込んでた
同じ光の体をした光線君もこれにはびっくり
ぴたっと空中に止まって
円状に体をぴんと張って
甲高い声で叫んだんだ
「ザウルスーッ、ザウルスーッ、シュツゲンナリィーッ」

そう
小学生の時初めて博物館なるものに連れてってもらったんだよね

ナンダ、ナンダ
コレ
ナンダ
散らばった骨を集めて復元された巨大な恐竜たちの姿
天井を掻き回す縦のライン
床に亀裂を入れる横のライン
骨と骨の間の
ぽかーん空間に
小さな目を凝らすと
古代がみるみる大きくなった

そうだ、そうなんだ
梯子を降りてもう一度できかけの家全体を眺めると
骨が骨を呼んで
連なって、大きくなって
わぉ
恐竜
尻尾を揺らし
目玉をぐりぐりさせ

鋭い牙を研ぐ
狙ってる
肉食だから狙ってる
巨大恐竜、立っている
歩け
歩き出せ
骨ッ
コツッ
コツッ

「雑然と見えるかもしれませんが、工事中の今だけですよ。
もう少したつと内装が仕上がって家らしく見えるようになります」
工事責任者の方はそう言ってくれたけど
いえいえ、とんでもない
白い壁に覆われる前の姿を目に焼き付けることができてラッキーでした
近くのコンビニで人数分の缶コーヒーとお菓子を買って渡しましたよ

コツッ
コツッ

骨ッ
光線君
このことはミヤミヤには内緒だよ
「順調に進んでいた」とだけ報告するつもりさ
暮らし始めた時にこの家が
昔、恐竜だったなんて
知られたくないからね
それに
内緒ってちょっといいでしょ？
内緒内緒
ぼくは知っててミヤミヤは知らない
そういうことも少しはあっていいさ
外から見る家は
どっからどう見ても荒い息吐く恐竜
困ったなあ
でもちょっと嬉しいなあ
走る自転車を体をきゅるきゅる回転させながら追いかける光線君
「ナイショー、ナイショー、ザウルスーッ、ショー、ショー」
骨ッ

コツッ
コツッ

飲み込まれちゃう

飲み込まれちゃう
飲み込まれちゃう

お家ができちゃって
引き渡しの日
ミヤミヤと自転車を一生懸命漕ぐ
緑むせ返る5月の終わり
10時ぴったりに新居に着く
うわぁ
真っ白白な壁
真っ白白な屋根
緑の熱気をひんやり滑らせてる
鍵を渡してもらったミヤミヤ

「さ、入りますよ」
2人して直立、息を止め、深く吐き出して
記念すべき
カチャリ
開いた

飛び込んできたのは
きりっと真っ白白
外観とおんなじ真っ白白
大きな窓、小さな窓が
ジッグザッグ
上がったり下がったり
うん、この独特な窓の配置がこの家の特徴なんだ
ついてきた光線君
閉まる寸前のドアの隙間から
薄く四角く延ばしていた体をヒューッと潜り込ませ
球のようにまあるくなったかと思うと
窓枠に沿って
つるん、つるん

「ウエー、ニ、イッタリィ、サガッターリィ、ツッルーーン」
目玉を窓の配置の通りジッグザック動かして喜んでる

ミヤミヤはゆっくり歩きながら
険しい目つきで部屋の中を見渡す
集中してる時の表情だ
ダイニングとつながってるキッチンは
できたばかりの料理をカウンターに乗せてすぐに食卓に運べるようになっている
真っ白白なカウンターをそっと撫で撫でしながら
キッチン周りを子細に点検し終えたミヤミヤ
「2階に行ってみましょうか」
とんとんとん
スケルトン階段
実はこの家
恐竜さんが眠ってるんだがな
ここ、背骨なんだけど
気づかないかな?
昇ってる途中
おっ、ミヤミヤ、急に立ち止まって

じいっと辺りを凝視する
ミヤミヤが握ってる手すりは恐竜さんの背骨のひときわごつごつした部分
バレたかな？
いや、厳しい表情を解いて
ようやくようやく
「ねえねえ、かずとん、ここからの眺め、とってもいいよ」
にっこり
ほっ

右手にあっかるい大きな窓
前方にベランダとフリースペース
そして見下ろした先には
赤褐色の床がノビノビ
壁真っ白白で柱がない
だから床の個性が引き立つんだな
お家がパカッと口開けて
あくびしてるみたいじゃん

飲み込まれちゃう
飲み込まれちゃう

あれもこれも
ミヤミヤが望んで計画したもの
毎日毎日隙間時間を見つけては設計図とにらめっこして作ったもの
いやいや
もしかしたら
ぼくとつきあうずっと前からミヤミヤの中にずっしーんとあったかもしれないもの
掌を広げ壁をそっと押し当てて
真っ白白の感触を確かめる
掌を通じて
ミヤミヤの魂がドッキドキ
そして見下ろす床板の赤褐色は
面積狭いのに広々深々
ぷわぁーっ
ぷわぁーっ

真っ白白に囲まれた赤褐色の大あくび

かずとんなんて
かずとんなんて
飲み込まれちゃう
飲み込まれちゃう
それでいいさ
飲み込まれちゃえ
飲み込まれちゃえ

眠ってた恐竜さん
半目開いて尾の先っぽをぴくっと振ったかと思うと
赤褐色のぷわぁーっをとろーり掻き混ぜて落ち着かせ
あれ
また眠っちゃった

「がっしりできているでしょう。
ウチは頑丈さには自信があるんです。
ちなみにこのブラックチェリーという床板は
時がたつほど赤味が出てきて味わい深い色になるんですよ」
設計士の方が説明してくれた

「はい、良い家を作っていただきありがとうございました」
丁寧に頭を下げるミヤミヤ
おっと、思い出したぞ
この床板を決めたのはぼくだったな
床をどの板にするか、ミヤミヤから選択を求められて
明るすぎず暗すぎず
そんな素材を迷いもせずに指定して反対されなかった
ぼくの選択の結果が今
ぷわぁーっと巨大に存在してるってわけ

飲み込まれちゃう
飲み込まれちゃう

「かずとーん、センタクー、ノーミー、コマレー」
体を小さく丸くした光線君がボールのように転げ回りながら叫ぶ
右の壁にぶつかっては左の壁に跳ね返り
天井にぶつかっては勢いよく床に落ちる
ジッグザッグ上下する窓を蹴って
真っ白白と真っ白白の間を跳ね返り

落ちた先に広がっているのは
赤褐色の大あくび
恐竜さんに密かに守られた
ミヤミヤとかずとん、これから２人仲良く
ぷわぁーっ
ぷわぁーっ
飲み込まれちゃえ
飲み込まれちゃえ

ケロちゃんとコロちゃん

ケロケロ鳴いていますよ
コロコロ鳴いていますよ
でもって
コロコロ転がっていますよ
ケロケロ転がっていますよ

新居に引っ越してひと月
ミヤミヤが薬局のオマケでもらってきた
ケロちゃんとコロちゃん
小さなアマガエルのマスコットで
マツゲのある赤い洋服のケロちゃんは多分女の子
マツゲのない青い洋服のコロちゃんは多分男の子
両手を広げにっこり顔で突っ立っている

「かわいいでしょ。ここに飾っておくね」
キッチンの縁に置かれたケロちゃんとコロちゃん
ご飯食べている時もソファーでくつろいでいる時も
ぼくたちをちょっと上から見下ろす感じ
「あ、また落ちちゃった。かずとん、拾っておいて」
軽い軽ーい彼らはちょっとした振動でも転がって
すぐ床に落ちちゃう
何気に存在を主張してるんだなあ

ミヤミヤは国分寺の丸井に買い物に出かけて
ぼくはお掃除
ひと息入れようとコーヒー沸かしてたら
「ゥグゥーー、ゥグゥー、コイツラー、ナニー、ナニー」
新居までついてきた光線君
体をタオル状に変形させ
ふらーりふらーり家中を回遊してるうち
ケロちゃん、コロちゃんの存在に気づいたらしい
「アヤァー、アヤァー、アヤァーシィ、コイーツラー、シィー、シィー」
ケロちゃん、コロちゃんの周りをぐるぐる旋回しながら光線君が叫ぶ

どうやら対抗意識を燃やしているらしい
光線君、お前も十分怪しいんだがなあ
「ただのオマケだよ。気にするようなもんじゃないよ」

っとっと
触ってないはずなのに床に落ちちゃった
光線君の念が落としたのか?
よいしょっと拾ってキッチンの縁に置き直す
定位置に戻ったケロちゃん、コロちゃん
仲良さそうだ
両手を広げ目をぱっちり開けて
ケロケロ鳴いているよう
コロコロ鳴いているよう
安心したのかなあ
でもまた落ちちゃうんだろうなあ

そう言えばここに越す時に
いろんなモノが処分されてったなあ
「かずとん、この小型の電気ストーブ、今にも発火しそう。危ないから捨てるね」

「かずとん、このジャージ、くたびれてるから捨てるね。
かずとんって何でモノを買い換えないの？
大切に扱わない割に
モノ持ち良すぎるんじゃない？
このジャージだって、あたしが言わなかったらおじいちゃんになるまで着てたでしょ？」
ああ、そうだよ
今着ている「welcome!」ってTシャツもそうだよ
15年くらい前に買ってまだ着てる
着ない理由が特にないから
着るなって言われなかったら
60になっても70になっても着てるだろう
ああでも、これもそのうち処分されちゃうな
「かずとん、今度一緒に、丸井に新しい服買いに行こうね」

服や日用品に対してさっぱり思い入れがないんで
買ったら買いっぱなし
同じ奴をいつも着たり使ったりして
その他は捨てるのもめんどくさいから放置
そんな暮らしの匂いが

前の引っ越しではまだ少しは残っていたけれど
今回の引っ越しで根こそぎになりそうだ
見ろよ
このリビング
明るいだろ?
面積は狭いけど
無駄なモノがないし無駄な仕切りもないから広々と見える
棚の上には
グラジオラスとウイキョウと名前のわからない黄色い花
勤務先の華道部でお稽古した花を活けたんだそうだ
「ね? 部屋がぐっと華やかになるでしょ?」
窓の外の3坪半しかない庭は更地のままだけど
今度ウッドフェンスを立てるらしい
昨夜、ミヤミヤは
取り寄せたカタログをそれはそれは熱心に見てた
ページから目を離すと振り向きざまに
「ちょっと高いけどずっと使うものだし、ある程度材質の良いものにしないと。
植える植物もこれから考えなくっちゃ」
うぉ、すごい気迫

不意を突かれたぼく
「ああ、いいんじゃないかな、きれいになるんなら。
ぼくとしてはできるだけ安くあげたいもんだけどさ」

落ちちゃうモノがあって
拾われてくるモノがある
それもこれもみーんな
生身との接触のおかげ
生身の強い意志にはかなわない
かなわなくてもいいさ
接触して変化する
うん、自然
すごく自然だ

てなこと考えてたら
せっかく淹れたコーヒー、少し冷めちゃったよ
生身と接触しなくても
変化する時は変化するんだ
これはこれで自然なこと

ズズッとひと口啜って
うん、まあまあうまい
コーヒーの味、ちょっとは落ちたけどちょっとは拾えた
落ちて、拾って
こんなことが
この狭いけれど広く見える空間の中で
姿を変えながら
繰り返されていくんだろうな

ケロちゃんとコロちゃん
今のところまだ静かに立っている
ケロケロ鳴いていますよ
コロコロ鳴いていますよ
でもって
何かの拍子に
コロコロ転がっていますよ
ケロケロ転がっていますよ
「ゥグゥーー、ゥグゥー、コイツラー、
オーマーケー、アヤーシィクー、ナーイーイー」

ケロちゃんとコロちゃんの存在に慣れた光線君が
三角の目をまん丸に変えて叫ぶ
そうそう、その調子
光線君、いつまでも仲良くしてやってね
ぼくとミヤミヤも
落ちたり拾われたりしながら
仲良くやっていくからさ

かずとん部屋の奇跡

いるんだって、この部屋に
誰が？
かずとんが
名づけて
かずとん部屋
広さは四畳半
パソコン机に小篳篥
愛用の楽器（トランペット）
東の壁は窓
西はドア
南は本棚
北は本棚に入りきらなかった本を詰め込んだ半透明のケースの山
北の壁の上方に目を向けると

ぽっかり
穴
四角い穴
寝室につながってる
空気の流れを良くして1台のエアコンで2部屋分まかなうんだと
こんなところにいるんだね
かずとん

ミヤミヤがぼくのために作ってくれたかずとん部屋
詩を書く人間には個室はやっぱり必要だろうって
ミヤミヤがいつもいるのは隣の6畳の寝室
窓3つ、ベッドが2つに鏡台に机、整理棚
いつも片付いていて清潔だ
それに引き替えかずとん部屋
「かずとん、読んだ本すぐ片付けてね。新聞も床に落ちてるし」
はーい、はいはい
かずとん的には多少散らかってる方が落ち着くんだけど
片付けてるとミヤミヤ
インターネットを介しての英会話レッスンのお時間だ

先生はフィリピン人
家のことだけじゃなく自分のこともしっかりやってる
「エーラーイー、ナーナー、かずとん、ヨリヨーリー」
正四角形の形で浮かんでいた光線君がのんびりした口調で言う
うん、確かにえらいよな

と、かずとん、おもむろにパソコンに向かいヘッドフォンつけました
何やってる?
youtube で猫ちゃん動画の検索だ
ノラ猫だったファミ、レドたちとのつきあいを通じて
ネットにあがってる猫動画の世界に一気に目覚めたってわけ
数ある猫ちゃん動画の中から
そら、お気に入りのが出てきましたよ
ノラの白猫のために魚を釣ってやってるおじさんの動画
おじさんが湖に向かって歩き出すと
草の茂みの中からニャーニャーと出てきて後をついていく
おじさんが立ち止まると白猫も止まる
おじさんが近づいてご機嫌取ろうとすると
シャーッ!

すごい剣幕でおじさんを威嚇
まさにノラ
でも、慌てない慌てない
おじさんはゆっくり水辺に降りていって竿を振る
しばらくして釣れたのはオイカワだ
伏せの姿勢でじっとしていた白猫
魚が釣れたのを見て突然ニャーニャー騒ぎ出す
おじさんが針をはずして魚を鼻先に持っていく
ビュッ!
白猫はいきなり鋭い爪で魚をひったくる
口にくわえて茂みの中に消えちゃったぞ
その姿を見て満足そうに釣り道具をしまうおじさん
その一部始終が動画に収められている
いいなあ
祐天寺時代から何度リプレイしても見飽きない
ぼくが釣り人だったら絶対同じことしてるな
ありがとう、おじさん
「オージー、オージー、アーリー、ガートーゥーゥー」

何だ？
いる
いるいる
このかずとん部屋には
かずとんの他にも
いるいる
いるよ

釣りのおじさん
「ちょっとごめんよー」
かずとん部屋の真ん中に猫缶を置いて
近づいてきた白猫の頭を撫でてやろうと手を伸ばす
シャーッ！
引っかかれやがった
「見ろーっ、血が出ちまったじゃないか、このー、バカ猫」
苦笑いするおじさんはどこか嬉しそうだ
ぼくも嬉しい
こんなこともかずとん部屋で起きるんだ
「ファミーチャーンモー、レドーチャーンモー」

四角形の体をハタハタさせながら光線君が叫ぶ
よっしゃ、呼んでやろう
前足をむぐっむぐっと動かして空気の淀みを掻き分けるように
ファミが、続いてレドが現われましたよ
いきなり白猫と睨み合い
ウーゥグゥー、ゥグゥー
「おらおらー、お前ら喧嘩すんなよー」
おじさんがのそのそ歩いてきて間に割って入る
途端、3匹の猫ちゃん、クールダウンして毛繕い
「オジー、オージー、サスーガー」
床に降りてきた光線君
何やら猫っぽいような、っぽくないようなふっくらした形状になって
猫ちゃんたちのマネして毛なんかないのに毛繕い

突然、ドーン
地響きとともに落ちてきたのは
ガタついた学習机
これ、小学校3年の時に買ってもらってつい最近まで使ってたんだよな
祐天寺から引っ越さなかったら絶対死ぬまで使ってたな

ファミとレドは勝手知ったるといった感じで
下の引き出しを前足で器用に開けて潜り込む
興味津々の白猫はぴょーんとてっぺんに飛び乗る
一瞬のうちに猫ちゃんハウスだ
「まあ、猫ってのは小さい城みたいな場所が好きだからねえ」
おじさんが目を細めて言う
おりょりょ、直ってるぞ
この左のところ、留め金がなくなって机を畳めなくなってたのに
かずとん部屋、やるねえ

ふわっふわっ、今度は舞い降りてくるものが
こりゃー、ソニー・ロリンズのポスター
5年前に閉店したなじみのCD屋さんがオマケにくれた
長い間壁に貼ってた奴だ
ロリンズのサックス、すごい音だよなあ
ライブを2回聞きに行ったよ
このポスター、端っこ破れてたし、これまでだと思って処分しちゃったけど
今見ると破れてないじゃん
三角錐の形に変形した光線君

舞い降りてくるポスターを下からちょんちょん押し上げる
もう一度高いところから落ちてくるポスターと一緒に
光線君も長方形の紙の形状になってひらひら空気の階段をゆっくり降りる
すばらしいスカイダイビング
3匹の猫ちゃんたち、爪に引っ掻けようと飛びつく飛びつく
ボゥッ、ボッボボボゥーー
上下に飛び跳ねるカリプソのメロディー
「いいねえ、俺も若い頃聞いたよ」とおじさん
「スーゴー、スーゴー、スーゴーイー、オートー」

いるいる
いるよ
小平の四畳半に
祐天寺の部屋がまんま、いる
いるいる
いるよ

かずとんとその仲間たち
あの時はぼくはまだかずとんじゃなかったけど

とにかく仲間たち
いるいる
いるよ
釣りおじさん
白猫ちゃん
ファミちゃん、レドちゃん
机ちゃん
ポスターちゃん
その他、どやどや
昔ミュンヘンの駅で買った人形とかお土産にもらった光るナントカ石とか
やあやあ
また会ったね
いるいる
いるよ
みんな、いる
かずとん部屋には
みんな、いる
ぼくが祐天寺のあの部屋からいなくなってもう2年たつんだよね
ミヤミヤという伴侶を得て

新しい家で新しい生活をスタートさせて
祐天寺、永遠にサヨナラーって思ってたけど

まだ厳しい残暑
北の壁の上方
ぽっかり
穴
四角い穴
ここから涼しい息が吹き込まれてくる
エアコンの風の姿をマネした
ミヤミヤの息だ
生身の息
「かずとんは詩を書く人なんだから、やっぱりお部屋はいるよね」
鍵はかからない
寝室と穴でつながってる
そんなかずとん部屋目指して
仲間たちが旅してくれたんだ
小平のまま、祐天寺
祐天寺のまま、小平

ミヤミヤの涼しい生身の息が
優しくそれを許してくれた

「英会話のレッスン終わったよ。ウーロン茶でも飲まない？」
いつのまにか背後にミヤミヤが立っている
「いいね。あのクッキーも食べよっか」
ガヤガヤしていた祐天寺がフンッニュッと姿を消して
小平の四畳半だけが残った
この佇まいも落ち着いててなかなかいいじゃないか
ミヤミヤと一緒にトン、トン、トンとスケルトン階段を降りて
お湯を沸かす
「トントーンー、トン、イールーイールー」
階段の段をマネようと試みる光線君が目をキョロキョロさせながら叫ぶ
ほんとだね
いる
いるいる
みんな、いる
ミヤミヤの優しい息のおかげでみんないる
お茶飲み終わったらまた遊ぼうね

３人娘が来る！

イチ
ニィ
サン
３人の
娘
来る
来るぞ
やって来る
どうしよ
「ドーシー、ョォーョォーョォー」
輪っかの形でぷかぷか浮かぶ光線君ののんびりした声
光線君は「お客さん」の重みなんかわからないもんなあ
どうしよぉーよぉーよぉー

互いの家族は別として
結婚してからお迎えするお客様第1号
3人ともミヤミヤの職場に関係する方たちだ
同僚のHさんとWさん
以前職場の医務室に勤めていたMさん
皆さん独身
「これから私の大切なお友だち3人をお迎えしますからね。
かずとん、粗相のないようにしてね」
イチ
ニィ
サン
3人娘だ

ぼく、慣れてないんだよね
思えば祐天寺のアパート、誰も入れなかったなあ
「お客様」ってのに
母が一度様子を見に来てくれたきり
ファミちゃん、レドちゃんは毎日来てくれたけどさ

そんなぼくにホスト役が務まるのかな？

昨日は念入りにお掃除
普段サボってる床の拭き掃除もバッチリやった
散らかり気味だったかずとん部屋も片付けた
約束の正午まで1時間
「かずとん、かずとん。
私、お料理頑張るから飲み物買ってきてくれる？
それから連絡きたらバス停まで迎えに行ってあげてね」
はーい、はいはい
いなげやで白ワインとウーロン茶とオレンジジュースを買って帰ると
ジィー、ミヤミヤのケータイが鳴った
観念だ

「カーンネン、ネーン、ネン」
円状の輪郭をぷっくぷっくさせながら光線君がついてくる
お気楽でいいな、光線君は
バス停には2人の女性が立っている
あれ、３人じゃない

「辻さんですか？　今日はありがとうございます。
実はWさん急用ができて1時間程遅くなりそうなんです」
小柄で丸顔のHさん
メガネかけて長身のMさん
3人娘のうちの2人娘
やって来ちゃった
キンチョーしてる場合じゃないぞ
「今日はわざわざ足をお運びいただきありがとうございます。
家はすぐそこです」

3人娘のうちの2人娘
にこやかだけど
キョロッと目力強し
背丈も髪型も全然違うのにどことなく感じが似てる
「かずとーん、2階を案内してあげてーっ」
キッチンでいまだ奮闘中のミヤミヤが叫ぶ
「えーっと、ではこちらへどうぞ。階段は急なのでお気をつけ下さい」
好奇心をキラキラさせてついてくる3人娘のうちの2人娘
「セボネー、セーボーネー、ザウルスーッ、ココ、セーボー、セーボー」

工事中の家が恐竜だったことを知ってる光線君
ゆっくり階段を昇る2人の頭上を輪っかになってくるくるくるくる
「ここはフリースペース、このパキラはミヤコが10年育てたものです」
「ザウルスーッ、アゴー、アーゴー」
「ぼくの書斎です。
本棚に入りきらなかった本は恥ずかしながら箱詰めして積んでます」
「キバー、スルドーイー、ザウルスーッ、キバー、バー」
「こっちが寝室で、ミヤコの部屋も兼ねてます」
「メーダーマー、ガンガン、ガンキュー、キュー、ザウルスーッ」
光線君も頑張ってお客さんにお部屋をご案内してる
「素敵なお家ですねえ。明るくて周りも静かですねえ」
説明する方向にキョロッ、キョロッと首を動かす
3人娘のうちの2人娘
礼儀正しいし、フレンドリーだし
さすがミヤミヤのお友だちだ
「ご飯できたので降りてきて下さい。Wさん遅れるので先に始めちゃいましょ」
白ワインとウーロン茶で乾杯
チーズと干しブドウをつまんでからアボカドとトマトと生ハムのサラダへ

「お庭素敵ですねえ。植える植物は自分で考えたんですか？」とHさん
「すっごく小さい庭だけどねえ。木は庭師さんと相談して決めたんですよ」
「このサラダおいしい。生ハムとアボカドって最高の組み合わせよね」とMさん
「ありがとう。アボカドって、私、昔から好きなのよ」
ほめてくれる
何でもほめてくれる
にこにこほめてくれる
おりゃ？
ほめられると
空気がにこにこするんだな
「コーニー、コーニー、コニコニココッ、ニーニー」
体を球状にコニコニッと弾ませ
丸い黒い目をすばやくあちこちに移動させる光線君
コニコニッ、コニコニッ
「周りは静かで緑も多いし、私もこんなところに住みたいなあ」
ま、東京にしちゃ田舎ってことだけどね
Hさんにこにこ
Mさんにこにこ
ミヤミヤにこにこ

光線君はコニコニ
とくれば
ぼくもにこにこしないわけにはいかない
にこにこをにこにこで返し続ける
にこにこした時間
ここには否定ってモンがつけいる隙がない
「お客さん」を迎えるってこういうことなんだ

HさんとMさん、海外旅行が大好き
「前にMさんと北欧回ったことあったんですよ。オーロラきれいだったなあ」
ミヤミヤより6つ年下のHさんが軽く宙を見上げる
「ネパール行った時困ったことあったよね。
山に登るつもりだったのに天候が悪くて2日も足止めされちゃったんです。
でも現地の人みんな親切で助かりました」
ミヤミヤより1つ上のMさん、自らうんうん頷く
3人娘のうちの2人娘
旅の話になると目が輝きを増していく
キョロッ、キョロッ
「仕事で外国人の方とお話することがあるんですが、

するとすぐその国に行ってみたくなっちゃったりするんですよ」
というHさん
「私、世界をいろいろ旅したくて。
看護師という仕事を選んだのも職場に縛られることが少ないからなんです」
というMさん
ミヤミヤも負けていない
「日本の外に出ると解放感が半ぱじゃないよねぇ。
グアムの海に潜ってウミガメが一緒に泳いでくれた時は感動でしたよ」
キョロッ、キョロッ
キョロッ、キョロッ
皆さん、祐天寺のアパートに閉じこもってばかりいたぼくとは大違い
れれれ、それでも
話聞きながら、ぼく
「へえ、トルコの絨毯、現地で売られてるトコ見てみたいですね」
なんて返してるぞ、おい

良くは知らなかった人を
家に招いて
ワイン飲んでフリット食べて

お喋りして
にこにこして
ほめて、ほめられて
その輪の中になぜかぼくがいる

3年前の冬休みの朝
いつもはダラダラ寝坊しているぼくが
「よし、結婚してみるかな」とガバッと起きた
ガバッと
ガバッと
ガバッと、だ
生身とメールして
生身とお話しして
生身と歩いて
生身と触れ合って
生身が収まる空間を作って
それから、それから
ついに、ついに
3人娘のうちの2人娘という

生身が
ぼくとミヤミヤ以外の生身が
キョロッキョロッと歩いてきた
仲良く飲み食いしてお喋りして
にこにこした空気が流れている

おっと話題が変わった
「私、猫好きなんですよ。今度生まれ変わるとしたら、
かわいがられている飼い猫がいいなあ」だって！
そんなHさんの言葉とともに
ファミとレドが空気の淀みとしてぽっと現れ
背を丸っこくさせて互いの体を舐め舐め
鼻筋をそっと撫でてやるとふにゅっとなる
こりゃ生身だ
あったかい
チリビーンズが
Hさんの口に吸いこまれ
ワインの雫が
Mさんの口に流し込まれ

パンの欠片が
ミヤミヤの口に放り込まれ
そして
カップラーメンの器に注いだミルクが
ファミとレドの舌にピチャピチャ掬い取られ
それらはみんな
せわしない
騒々しい
生身の仕業だ
ガバッと起きてから
ついに、ついに
ぼく、こんな場面に辿り着いちゃったんだ

「すみません、実はこれからジャムセッションに行く用事があって、
外に出なくちゃなりません。
Wさんにお会いできなかったのが残念ですが、
皆さん、ごゆっくりお過ごし下さい。Wさんによろしくお伝え下さい」
以前から誘われていて予定が動かせなくてね
丁寧に頭を下げて席を立つ

イチ
ニィ
サン
3人娘には会えなかったけど
3人娘の中の2人娘には会うことができた
キョロッ、キョロッ
生身だった
「ありがとうございました。セッション楽しんできて下さい」
楽器を背負ってドアを開けると
11月も終わりの冷たい空気が流れ込んできた
それを掻き分けていくのは
あったかい
ぼくの生身だ
「コニコニーッ、コニ、コニーィ」
唯一生身とは言えない光線君が円盤みたいな形状で回転しながらついてくる

イチ
ニィ
サン

３人の
娘
の中の２人娘
ガバッと起きてから３年目
生身で
来た
来たぞ
やって来た

あとがき

２０１１年末、47歳で突然結婚しようと思い立ち、年明けて結婚情報サービスでいわゆる「婚活」を始め、そこでミヤミヤことミヤコさんと出会い、２０１３年３月に結婚式を挙げ、更に2年後に家を建て……。

この詩集に収められた作品は、そんな個人的な体験を題材にしたものです。他人からすればどうでもいい出来事の連続かもしれませんが、当事者としては無我夢中の連続でした。そして、このそれまでの自分の人生にはなかった無我夢中を、言葉の世界の中でも生きてやろう、と思って作ったのがこれらの詩です。

詩作にあたり、自分に課したのは、妻となった女性の気に入らないことは一切書かない、ということです。書き終えるごとに詩作品を見せ、添削してもらうことにしました。すると、妻からは情容赦のないアカが入りました。冒頭で示したモチーフにダメ出しをされ、前半部分をまるまる書き直した詩もありました。作者として、そうした「検閲」をむしろ楽しみました。「検閲」を進んで受け入れ、作品の一部にしてしまおうという想いがあったわけです。詩集は妻との共同作業の成果となりました。

妻ミヤミヤ、ＷＥＢサイト「浜風文庫」に作品を掲載して下さったさとう三千魚さん、作品を読んでくれた「ユアンドアイの会」の皆さん、合評会の場をご提供いただいた鈴木志郎康さん、表紙の絵を描いて下さった林・恵子さん、猫のファミちゃんとレドちゃん、七月堂の皆さんに、深い感謝を捧げます。

２０１９年1月　辻和人

辻和人
一九六四年生まれ。
詩集に『クールミント・アニマ』『Ver. μの囁き』『息の真似事』(以上、書肆山田)、『真空行動』(七月堂)がある。

ガバッと起(お)きた

二〇一九年五月一日　発行

著　者　辻(つじ)　和人(かずと)

発行者　知念　明子
発行所　七月堂
〒一五六―〇〇四三　東京都世田谷区松原二―二六―六
電話　〇三―三三二五―五七一七
FAX　〇三―三三二五―五七三一

印　刷　タイヨー美術印刷
製　本　井関製本

Printed in Japan
ISBN978-4-87944-362-5 C0092